Petits Classiques
LAROUSSE

Collection fondée par Félix Guirand,
Agrégé des Lettres

Lancelot

ou le Chevalier de la charrette

Chrétien de Troyes

Roman

Édition présentée,
annotée et commentée
par Évelyne AMON,
certifiée de lettres modernes

Traduction de Jean-Jacques VINCENSINI

SOMMAIRE

Avant d'aborder l'œuvre

Lancelot
ou le Chevalier de la charrette

Chrétien de Troyes

ISBN : 978-2-03-584453-8

Pour approfondir

AVANT D'ABORDER L'ŒUVRE

AVANT D'ABORDER L'ŒUVRE

Fiche d'identité de l'auteur

Chrétien de Troyes

Nom : Chrétien de Troyes.

Naissance : en Champagne (?), vers 1135 (XIIe siècle).

Famille : peut-être apparenté à la famille royale d'Angleterre ; peut-être un cousin bâtard des comtes de Blois et de Champagne.

Enfance : aucun renseignement sur cette période.

Formation : celle d'un clerc tonsuré, c'est-à-dire d'un homme d'Église instruit qui fréquente les textes anciens, grecs et romains, mais qui n'est pas prêtre. Étudie le grand poète latin Ovide dont *Les Métamorphoses* et surtout *L'Art d'aimer* (un classique de la littérature amoureuse) influenceront sa vision de l'amour.

Un écrivain de cour : écrivain protégé de la comtesse Marie de Champagne, femme cultivée, raffinée et galante, dans une cour brillante ouverte aux artistes et aux poètes. Puis poète à la cour de Philippe d'Alsace, comte de Flandre, protecteur des arts, à qui est dédié *Perceval*.

Notre premier grand romancier : créateur du roman, genre littéraire qui dominera les siècles. Ses cinq œuvres principales sont rédigées en vers octosyllabes (vers de 8 syllabes), et inspirées des légendes celtiques auxquelles il associe les valeurs de la courtoisie en vogue à son époque. Dans ces récits d'aventures, riches en péripéties où l'exploit chevaleresque est lié à l'amour courtois, il met en scène le roi Arthur et ses chevaliers de la Table ronde. Les héros y défendent les valeurs féodales et sont habités par une passion amoureuse : *Érec et Énide* (v. 1170), *Cligès* (v. 1176), *Lancelot ou le Chevalier de la charrette*, *Yvain ou le Chevalier au lion* (v. 1177-1181) ; *Perceval ou le Conte du Graal* (v. 1182-1190), resté inachevé et imprégné du sentiment religieux.

Mort : en Flandre, avant l'année 1190.

Pour ou contre Chrétien de Troyes ?

Pour

Paul GUTH :

« Chrétien de Troyes parfume de toute la finesse française et de toutes les grâces de notre psychologie le merveilleux breton à base de fontaines miraculeuses dont l'eau soulève des tempêtes, d'anneaux qui rendent invisible, d'aventures fabuleuses. »

Histoire de la littérature française, Fayard, 1967.

Jean FRAPPIER :

« Cet écrivain de métier, cet homme de lettres, pourrait-on se risquer à dire, fut aussi un maître. On n'a plus écrit après lui comme on écrivait auparavant. »

Amour courtois et Table ronde, Droz, 1971.

Contre

Gustave LANSON :

« Chrétien de Troyes est un adroit faiseur de vers, sans conviction, sans gravité ; à les bien prendre, ses poèmes sont des contrefaçons des légendes celtiques. Il est entièrement dépourvu du sens du mystère. Il dessèche tout, il clarifie tout. »

Histoire de la littérature française, Hachette, 1953.

Jean FRAPPIER :

« Sa condition de clerc et d'auteur au service de hautes dames et de grands seigneurs le vouaient plus ou moins, mais sans esclavage, à la peinture inévitablement flattée de la classe des nobles. »

Amour courtois et Table ronde, Droz, 1971.

Repères chronologiques

Vie et œuvre de Chrétien de Troyes	*Événements politiques et culturels*
Vers 1135 Naissance, en Champagne (?).	**1095-1099** Première croisade (expédition religieuse et militaire pour reconquérir les lieux saints). Prise de Jérusalem.
1154 Voyage en Angleterre, dans la suite de l'évêque Henri de Blois (son oncle ?).	**Vers 1070** *La Chanson de Roland* (chanson de geste ; anonyme).
1154-1166 Séjourne à la cour féodale d'Henri II et d'Aliénor d'Aquitaine. S'imprègne des légendes celtiques et de la matière de Bretagne (roi Arthur et chevaliers de la Table ronde).	**Vers 1135** Geoffroy de Monmouth, *Histoire des rois de Bretagne* (en latin).
1166 Séjourne à la cour féodale de Poitiers, auprès d'Aliénor séparée d'Henri II.	**1137-1180** Règne de Louis VII, roi de France.
Vers 1170 *Érec et Énide* (roman arthurien).	**1147** Naissance de Marie, fille d'Aliénor d'Aquitaine et de Louis VII. Deuxième croisade.
1172 Chrétien chanoine de l'église de Saint-Maclou à Bar-sur-Aube (proche de Troyes).	**1152** Répudiation d'Aliénor d'Aquitaine, qui se remarie avec Henri Plantagenêt, futur roi d'Angleterre. Poésie courtoise des troubadours.
1173 Chrétien au service de la comtesse Marie de Champagne, fille aînée d'Aliénor et de Louis VII.	**1154** Couronnement d'Henri II, roi d'Angleterre, à Westminster.
Vers 1176 *Cligès* (roman arthurien).	**1155** **Wace, *Roman de Brut*, en ancien français (inspiré de l'*Histoire des rois de Bretagne*).** Chrétien dédié à Aliénor d'Aquitaine. Assure la diffusion de la matière de Bretagne.
1177-1181 **Rédaction simultanée de *Yvain ou le Chevalier au lion* et *Lancelot ou le Chevalier de la charrette* (romans arthuriens).**	**1164** Mariage de Marie, fille d'Aliénor et de Louis VII, avec le comte de Champagne.
1181 Début de son séjour à la cour féodale de Flandre. Protection de Philippe d'Alsace, comte de Flandre.	

Repères chronologiques

Vie et œuvre de Chrétien de Troyes

Vers 1182
Perceval ou le Conte du Graal (roman arthurien).

Vers 1190
Mort de Chrétien de Troyes.

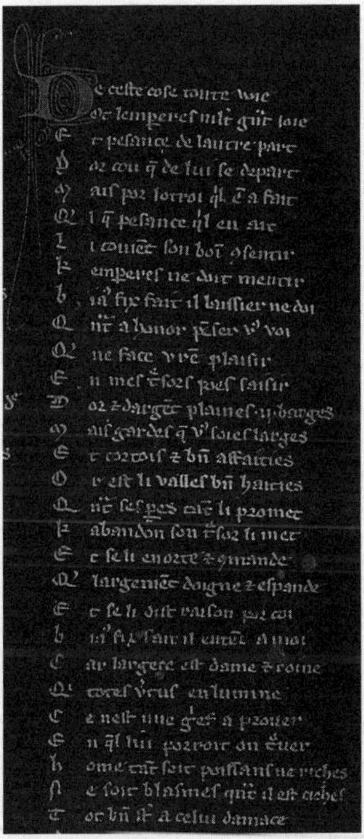

Extrait du manuscrit de *Érec et Énide*, roman arthurien de Chrétien de Troyes.

Événements politiques et culturels

1166
La cour féodale de Poitiers, foyer de la culture courtoise.

1167
Marie de France, *Lais.*

1170
Aliénor et ses fils (Richard Cœur de Lion et Jean sans Terre) encouragent les révoltes contre le roi.

1173
Rayonnement intellectuel et artistique de la cour féodale de Troyes.

1174-1179
Roman de Renart (anonyme).

1180
Béroul, *Tristan.*
Philippe Auguste, roi de France.

1181
Mort d'Henri Ier de Champagne.
Marie délaisse la courtoisie et se tourne vers la religion.

1186
André le Chapelain, *Sur l'amour* (traité).

1189-1192
Troisième croisade, avec les armées de Philippe Auguste (France), Richard Cœur de Lion (Angleterre), Frédéric Barberousse (Allemagne).

1198
Mort de la comtesse Marie.

1204
Quatrième croisade.
Prise de Constantinople.

Fiche d'identité de l'œuvre

Lancelot ou le Chevalier de la charrette

Auteur :
Chrétien de Troyes, à partir d'un thème suggéré par Marie de Champagne, protectrice du poète (vers 1165). Mais les 1000 derniers vers sont dus à Godefroi de Leigni, écrivain champenois.

Genre :
roman de chevalerie aussi classé dans la catégorie des romans de la Table ronde, incluant des exploits guerriers et une histoire d'amour.

Forme : récit en vers de huit syllabes rimant deux à deux (aa/bb/cc), rédigé en ancien français. Ici, le texte est traduit en prose et en français moderne.

Structure : roman de 7112 vers.

Principaux personnages :
- **Au royaume de Logres** : le roi Arthur qui règne sur la Bretagne (actuelles Grande-Bretagne et Bretagne française) ; son épouse Guenièvre, amante de Lancelot ; Lancelot du lac, meilleur chevalier du monde, amant courtois ; Gauvain, neveu d'Arthur, chevalier modèle de la Table ronde ; le sénéchal Keu, premier défenseur de la reine.
- **Au royaume de Gorre** : le roi Bademagu, sage, généreux et courtois ; son fils Méléagant, chevalier intrépide, violent et déloyal, ravisseur de Guenièvre.

Sujet : enlevée à la cour d'Arthur par Méléagant, Guenièvre est l'objet d'une double quête, celle de Gauvain et celle de Lancelot, dont l'identité est longtemps tenue secrète dans le récit. Monté dans une charrette d'infamie pour retrouver la captive, Lancelot franchit avec héroïsme de multiples obstacles. Libérateur des sujets d'Arthur captifs au royaume de Gorre, il retrouve la reine mais il est enfermé dans une tour par son rival. Au bout d'un an de captivité, il est libéré par la sœur de Méléagant. Revenu à la cour d'Arthur, il gagne le combat singulier qui l'oppose à son ennemi.

Pour ou contre Lancelot ou le Chevalier de la charrette ?

Pour

Jean FRAPPIER :

« On n'est pas moins charmé par une manière de conter qui pique la curiosité, retient l'intérêt en retardant les explications souhaitées, en laissant subsister une part d'énigme, en créant et en prolongeant une atmosphère de surprise et d'étrangeté. »

Introduction au *Chevalier de la charrette*, Champion, 1969.

Jean-Pierre FOUCHER :

« Aujourd'hui, on lit ces romans pour l'enchantement, pour les grands ébats de l'imagination émerveillée. »

Introduction à *Romans de la Table ronde*, Gallimard, 1970.

Contre

Jean FRAPPIER :

« [...] il n'en faut pas moins regretter que Chrétien se soit résolu ou résigné [...] à s'arrêter avant la fin, car son honnête et consciencieux continuateur n'avait pas un talent égal au sien. »

Introduction au *Chevalier de la charrette*, Champion, 1969.

Mario ROQUES :

« Une analyse précise du roman est rendue difficile par la multiplicité des épisodes, leur manque de lien logique et par l'anonymat ou le manque de personnalité définie de nombreux personnages (demoiselles, chevaliers, valets, nains). »

Introduction au *Chevalier de la charrette*, Champion, 1981.

Pour mieux lire l'œuvre

Au temps de Chrétien de Troyes

Des seigneurs et des chevaliers

Pour apprécier *Lancelot*, il faut se transporter dans le monde perdu de la société féodale. On parle alors deux langues en France : la langue d'oïl, au nord de la Loire, et la langue d'oc au sud. Mais on écrit principalement en latin. Et la grande majorité des Français ne sait ni lire ni écrire.

Politiquement, le pays est fractionné en cours indépendantes, propriétés de riches seigneurs qui, tout en étant les vassaux du roi, n'en restent pas moins maîtres chez eux. Dans cette société, le roi existe mais son pouvoir est faible. C'est Philippe Auguste (1180-1223) puis Saint Louis (1226-1270) qui ajouteront au domaine royal certains des territoires de leurs influents vassaux.

Le lien entre un suzerain (le seigneur) et son vassal (le chevalier) est très étroit. C'est par la cérémonie de l'hommage que se scelle leur relation : le chevalier s'engage à « servir » son seigneur, c'est-à-dire à le défendre et à l'assister en toutes circonstances. En échange, le seigneur l'accueille dans son château, lui assure nourriture et protection, lui procure des vêtements, une armure et un cheval. Et surtout, il lui accorde « un fief », c'est-à-dire une terre dont l'exploitation lui permettra de vivre.

Les chevaliers font l'admiration de tous, pour leurs exploits et aussi pour leur piété : dès 1096 en effet, à l'appel du pape, des milliers d'entre eux partent libérer la Terre sainte.

La courtoisie : une douceur de vivre et d'aimer

Au XIIe siècle, seigneurs et chevaliers éblouis par les splendeurs d'Orient introduisent le luxe dans leurs châteaux austères. Vers 1140-1150, sous l'influence des troubadours, les poètes du sud de la France, puis des trouvères, les poètes du nord, s'impose, parmi la noblesse, la « fin'amor » ou « amour courtois », une nouvelle façon d'aimer. De quoi s'agit-il ? De l'amour absolu du chevalier pour une dame de condition supérieure qu'il doit conquérir par le « service d'amour ». Toujours mariée, la Dame (du latin *domina* signifiant « maîtresse » : celle qui commande) devenue l'« amie » exige de son amoureux la loyauté, la fidélité et le secret, mais surtout une docilité absolue, à l'exemple de la soumission du vassal à l'égard de son suzerain. Dans le nord de la France, la reine Aliénor d'Aquitaine, petite-fille du troubadour Guillaume IX, et plus tard sa fille Marie de Champagne, suivent la tendance. Elles développent une vie de cour raffinée où la « courtoisie » s'impose comme le code de conduite des gens de qualité : il s'agit alors, en toutes circonstances, de se montrer généreux, élégant, respectueux et noble aussi bien dans ses pensées que dans ses actions.

Chanson de geste et romans antiques

Le public du Moyen Âge aime qu'on lui raconte des histoires. Jusqu'à l'apparition du roman, il se régale des « chansons de geste » que les jongleurs déclament dans des salles de festins, sur les parvis des églises ou sur des champs de foire. Très influencés par les croisades, ces récits guerriers comme *La Chanson de Roland* (vers 1070) chantent essentiellement la lutte contre les infidèles. Ils exaltent les exploits titanesques d'un héros qui se bat pour Dieu et pour son suzerain. Mais au XIIe siècle, les valeurs courtoises en vogue dans les cours seigneuriales changent le goût du public : désormais, l'héroïsme doit se parer d'amour.

Le roman va répondre à cette attente. Écrit par des clercs, ces savants formés par l'Église qui fréquentent les riches bibliothèques des monastères, le roman est un récit écrit non pas en latin mais en « roman », le français qu'on parle au nord de la France (d'où le nom de « roman » appliqué aux œuvres écrites dans cette langue). Le roman est d'abord « antique » (ex. : le *Roman d'Énéas*, vers 1160 ; ou le *Roman d'Alexandre*, 1170-1180) : il met en scène des héros grecs et romains transformés en chevaliers du XIIe siècle, c'est-à-dire en guerriers amoureux.

Pour mieux lire l'œuvre

Le monde merveilleux du roi Arthur

En 1154, le *Roman de Brut,* vaste récit de 15 000 vers de l'écrivain anglo-normand Wace, va renouveler l'inspiration des romanciers. C'est une adaptation en français d'un texte latin écrit par Geoffroy de Monmouth en 1135 : l'*Historia Regum Britanniae* (Histoire des rois de Bretagne). Wace y met en scène les contes et légendes celtiques qui forment la « matière de Bretagne » ; il y raconte à un public enthousiaste les aventures merveilleuses du roi Arthur et de ses chevaliers de la Table ronde. Mais qui est Arthur ? C'est le chef de la résistance bretonne contre les envahisseurs saxons au début du VIe siècle. Un conquérant invincible, dit la légende ! Et Wace donne à son récit une coloration courtoise tout à fait dans le goût de l'époque. Dès lors, les « contes et romans bretons » comme les *Lais* de Marie de France ou le roman de *Tristan et Iseut* se multiplient. Ils exercent leur rayonnement sur toute l'Europe.

Chrétien de Troyes : premier écrivain professionnel

Très réputé de son vivant, Chrétien de Troyes est successivement le protégé de Marie de Champagne et de Philippe d'Alsace. À partir de l'héritage celtique, il crée un univers imaginaire dans lequel Arthur, époux de la belle Guenièvre, préside une cour luxueuse où on cultive la prouesse guerrière dans le respect des valeurs courtoises : l'honneur, la piété religieuse, la délicatesse et surtout... l'Amour ! Car le héros n'accomplit de prouesse que pour plaire à sa dame.
Autour du roi siègent les chevaliers de la Table ronde, toujours en quête d'aventures. Les plus fameux, comme Gauvain – le neveu d'Arthur – ou Perceval, sont surpassés par le meilleur : Lancelot, un être rare, indomptable dans le combat mais pleinement soumis à sa dame.
Les premiers romans de Chrétien, *Érec et Énide* (vers 1170) et *Cligès* (vers 1176), traitent du conflit entre le mariage et l'aventure chevaleresque. *Lancelot ou le Chevalier de la charrette* (v. 1177-1181) est une illustration de la « fin'amor » : dans ce roman dont la « matière »,

c'est-à-dire le thème, semble avoir été imposée au poète par Marie de Champagne, Lancelot adore Guenièvre enlevée par le cruel Méléagant. Pour la délivrer, le chevalier-amant montera dans la charrette de la honte ; il se mesurera aux « merveilles » qui se dresseront sur sa route et franchira tous les obstacles ; il acceptera, le cœur brisé, de se soumettre aux ordres incompréhensibles de l'aimée, espérant et obtenant sa récompense : une nuit en sa compagnie.

Chrétien de Troyes : le créateur du roman

Chrétien écrit en vers de huit syllabes rimant deux à deux. Cette forme poétique légère le rapproche de la prose qui triomphera un siècle plus tard ; elle lui donne la liberté d'animer le récit avec des dialogues, des portraits et des monologues où s'exprime avec vérité la sensibilité des personnages.

Attentif à la « conjointure », c'est-à-dire à l'art d'organiser le récit, Chrétien ordonne habilement les épisodes : scènes de combat, épreuves et merveilles alternent, avec en arrière-fond les incertitudes amoureuses de Lancelot. Mais à l'intérêt dramatique Chrétien ajoute la richesse du « sens » : l'œuvre « signifie » quelque chose, elle délivre un message et soutient une idée. Quel défi pour le public ! Trembler pour le héros ne suffit plus : il lui faut aussi tirer du roman un savoir.

L'essentiel

En rupture avec la chanson de geste, Chrétien de Troyes s'empare de la « matière de Bretagne » pour créer le roman arthurien. Inspiré par la « fin'amor » que chantent les troubadours au sud de la France et les trouvères au nord, il écrit *Lancelot ou le Chevalier de la charrette*, roman de la Table ronde dans lequel Lancelot, le meilleur chevalier du monde, n'accomplit de prouesses que pour sa Dame, la reine Guenièvre.

Pour mieux lire l'œuvre

L'œuvre aujourd'hui

Le Moyen Âge : un vrai dépaysement

On pourrait s'étonner que *Lancelot ou le Chevalier de la charrette* intéresse notre société si éloignée de la « courtoisie » ! Et pourtant, c'est justement à cause de cette distance que le roman de Chrétien de Troyes nous passionne. Sur les traces de Lancelot, le lecteur découvre un paysage fait de landes et de forêts ; il entre dans la cour des rois Arthur et Bademagu ; il mange et séjourne dans des châteaux forts. Il découvre que le sénéchal Keu dort dans la même chambre que la reine et que les ébats de Lancelot et de Guenièvre se déroulent à quelques pas de lui. Il rencontre des grands seigneurs, des nains maléfiques, des demoiselles étranges. Il réfléchit à la notion de « service » qui gouverne les relations entre le vassal et son seigneur, entre le chevalier et sa dame ; il observe avec ravissement la noblesse des sentiments et des actes qui caractérisent l'amant courtois. Avec les yeux du conteur, il assiste à des tournois, il admire dans le détail les armes des chevaliers et s'enflamme pour leurs exploits. *Lancelot ou le Chevalier de la charrette* ouvre la curiosité du lecteur à la société féodale et courtoise, non par le biais d'un livre d'histoire, mais par la magie du roman qui lui donne vie.

L'aventure et l'amour : une formule toujours gagnante

« Le roman de chevalerie » est au programme des collèges. Pourquoi ? Parce que les récits comme *Lancelot ou le Chevalier de la charrette*, outre leur intérêt documentaire, donnent aux jeunes lecteurs les clés de la littérature française. Dans ce roman, comme dans les autres récits de Chrétien de Troyes, ils peuvent trouver l'essentiel des ingrédients du roman à la française : pour commencer, les thèmes associés de l'aventure et de l'amour qui parcourent toute la littérature nationale ; ensuite, l'invention d'une forme romanesque qui se présente comme une suite organisée d'épisodes bien rythmés, où le héros, par ses exploits autant que par sa personnalité, s'attache l'affection du lecteur ; enfin, la place essentielle qui est accordée à la passion amoureuse, avec ses élans, ses incertitudes, ses malentendus et ses récompenses. Formé au roman du Moyen Âge, le jeune lecteur avancera dans sa découverte de la littérature française aussi bien armé qu'un chevalier se préparant à un tournoi.

Comme un héros de jeu vidéo ou de BD

Accoutumés depuis leur plus jeune âge aux jeux vidéo et à la bande dessinée, les jeunes lecteurs entrent facilement dans les romans de la Table ronde. Lancelot est pour eux un héros familier car il sert de modèle à une multitude de personnages contemporains : géants invincibles, preux chevaliers, demi-dieux indomptables. De même, « le méchant » qu'incarne Méléagant ne leur est pas étranger car ils le retrouvent dans d'autres figures du mal : le traître, le vampire, le tueur, le saboteur, l'exterminateur… Quant aux êtres surnaturels, ils apparaissent au gré des scénaristes et des écrivains d'aujourd'hui sous les traits de sorcières « glamour », d'adolescents magiciens, ou de fées infernales au physique irrésistible !

Le cinéma a également installé Lancelot dans notre réalité en prêtant au héros le visage d'acteurs célèbres. Or, les films nous incitent à retourner à la source, c'est-à-dire au roman de Chrétien de Troyes, pour comparer le mot à l'image et enrichir ainsi notre connaissance, notre compréhension et notre plaisir.

L'essentiel

Grâce à *Lancelot ou le Chevalier de la charrette*, le lecteur s'instruit sur la société du Moyen Âge et la « courtoisie ». Ce récit qui pose les principes du roman à la française en combinant aventure et amour sous une forme solidement organisée donne des bases pour comprendre la littérature française. Il fait aussi écho, dans la culture des adolescents d'aujourd'hui, aux jeux vidéo, à la bande dessinée et au cinéma qui traitent d'aventures héroïques.

Le Chevalier de la Charrette.
Miniature sur vélin, XIVe siècle.

Lancelot

ou le

Chevalier de la charrette

Chrétien de Troyes

Roman écrit entre 1177 et 1181

L'ŒUVRE

Épisode 1
Prologue ; la charrette ; la lance enflammée

PUISQUE MA DAME de Champagne[1] souhaite que je me lance dans l'écriture d'un roman, je vais m'y lancer de grand cœur. Je lui suis en effet entièrement dévoué, en homme prêt à faire pour elle tout ce qu'il peut accomplir dans ce monde et sans chercher ainsi à lui dire la moindre flatterie.

Chrétien commence son livre du *Chevalier de la charrette*. La comtesse[2] lui en donne le sujet et lui indique le sens de cette histoire. Lui, il veillera à bien penser à ce qu'il fait et il n'apportera guère plus que ses efforts et son application.

Alors que la prestigieuse cour du roi Arthur est réunie pour célébrer le jour de l'Ascension, un chevalier inconnu et armé (Méléagant) interrompt brutalement la fête pour annoncer qu'il détient de nombreux prisonniers de Logres en exil sur sa terre, mais qu'il est disposé à les relâcher à deux conditions : d'abord, Arthur doit laisser partir la reine Guenièvre avec un de ses chevaliers de la Table ronde. Ensuite, ce chevalier devra conquérir la reine lors d'un combat singulier organisé dans la forêt, non loin du château. Mais si le défenseur de la reine est vaincu, la souveraine devra rejoindre les autres captifs...

Le sénéchal Keu obtient du roi de défendre Guenièvre. Il part alors avec elle en direction de la forêt, sous les critiques des autres chevaliers de la Table ronde qui jugent que son action n'est qu'« orgueil, insulte et déraison ». Pleins d'anxiété, Gauvain et Arthur décident de suivre le sénéchal quand, peu après, ils voient sortir de la forêt le cheval de Keu, en piteux état. Ils devinent alors que le sénéchal a perdu son combat et que Méléagant a emmené la reine.

Monseigneur Gauvain chevauchait loin devant toute sa troupe. Il ne tarda guère à voir venir un chevalier, avançant au pas sur un cheval

1. **Ma dame de Champagne :** Marie de Champagne, la protectrice de Chrétien de Troyes.
2. **La comtesse :** Marie de Champagne.

harassé[1], épuisé, essoufflé et ruisselant de sueur. Ce chevalier a salué monseigneur Gauvain le premier et celui-ci lui a rendu son salut. Après avoir reconnu Gauvain, le chevalier s'est arrêté et lui a dit :

« Seigneur, vous ne voyez donc pas que mon cheval est trempé de sueur et dans un tel état qu'il n'est plus bon à rien ? J'imagine que ces deux destriers[2] sont à vous. Je vais vous faire une prière : prêtez-moi ou donnez-moi l'un d'eux, n'importe lequel, et en retour je vous promets de vous rendre le même service et de vous offrir une récompense. »

Gauvain lui répond :

« Mais choisissez celui des deux que vous préférez ! »

Le chevalier, qui en a grand besoin, n'a pas cherché à prendre le meilleur, le plus beau ou le plus grand. Il s'est mis en selle aussitôt sur celui qui était le plus proche de lui et l'a lancé au galop. Quant à la monture[3] qu'il venait de laisser, elle s'est écroulée raide morte. Pendant toute la journée, en effet, le chevalier l'avait mise à rude épreuve[4], la fatiguant jusqu'à épuisement. Sans marquer d'arrêt, le chevalier se jette tout armé dans la forêt. Monseigneur Gauvain se lance à sa poursuite dans une chasse enragée. Il descend une butte et chevauche longuement avant de retrouver, mort, le destrier qu'il avait donné au chevalier. Il voit le sol piétiné par plusieurs chevaux et, autour, un amoncellement de lances et d'écus[5] brisés. Selon toute vraisemblance, un violent combat s'était déroulé, opposant plusieurs chevaliers. Mécontent, Gauvain regrette amèrement de ne pas y avoir participé. Mais il ne s'est pas arrêté longtemps et a poursuivi sa route à vive allure, jusqu'au moment où, par hasard, il aperçoit le chevalier, seul, à pied, revêtu de son armure, le heaume[6] lacé, l'écu au cou et l'épée ceinte[7] au côté. Il se trouvait à proximité d'une charrette.

---

1. **Harassé :** accablé de fatigue.
2. **Destriers :** chevaux de bataille que l'on mène de la main droite (*destre*, en ancien français, signifie « main droite »).
3. **Monture :** le cheval épuisé de Lancelot.
4. **L'avait mise à rude épreuve :** lui avait fait traverser de multiples obstacles et difficultés.
5. **Écus :** boucliers.
6. **Heaume :** casque en forme de cône, enveloppant la tête et le visage et reposant sur les épaules ; il est muni de fentes ou d'œillères pour les yeux et est généralement attaché au haubert.
7. **Ceinte :** attachée à la taille.

À cette époque, les charrettes jouaient le rôle de nos piloris[1] actuels. Il n'y en avait qu'une seule en ce temps-là dans chaque bonne ville, alors que l'on compte à présent plus de trois mille piloris. Comme eux, elle était utilisée aussi bien pour les traîtres et les assassins que pour les vaincus en combat judiciaire[2] et les voleurs qui dérobent le bien d'autrui furtivement, ou ceux qui s'en emparent par la violence sur les grands chemins. Tout criminel pris sur le fait était mis sur la charrette et traîné dans toutes les rues de la ville. Il avait alors perdu tout ce qui avait fait son honneur. On n'écoutait plus ses conseils à la cour où il n'était plus accueilli avec respect et joie. Voilà ce qu'étaient alors les charrettes. On en faisait un emploi bien cruel ! Et c'est pour cette raison que l'on entendit dire pour la première fois :

« Quand charrette verras et rencontreras, fais sur toi le signe de croix et pense à Dieu afin qu'il ne t'arrive malheur ! »

À pied, sans lance, le chevalier s'avance vers la charrette. Sur les limons[3], il aperçoit un nain qui, comme un vrai charretier, tenait une longue baguette dans sa main. Le chevalier s'adresse à lui : « Nain, au nom de Dieu, dis-moi donc si tu as vu passer par ici ma dame, la reine. »

Le misérable nain, immonde canaille, refusant de lui donner des nouvelles, lui dit : « Si tu acceptes de monter dans la charrette que je conduis, tu pourras savoir d'ici à demain ce que la reine est devenue. » Sur le coup, le chevalier continue son chemin, sans monter sur la charrette. Quel malheur ! Quel malheur et quelle honte pour lui de ne pas y être monté à l'instant ! Un jour, il devra le payer cher. Mais Raison, qui s'oppose à Amour, le persuade de ne pas y monter. Elle lui explique qu'il ne faut rien faire et lui recommande de ne rien entreprendre qui puisse lui valoir honte ou reproche. Raison a osé lui tenir ce propos, elle qui ne parle pas du cœur, mais des lèvres. Mais Amour, qui est enfermé en son

---

1. **Pilori :** poteau où l'on attachait le criminel avec un collier de fer au cou, pour l'exposer à l'indignation publique et au mépris.
2. **Combat judiciaire :** combat qui mettait face à face un accusateur et un accusé. Le vainqueur était automatiquement reconnu innocent, et le vaincu, coupable, subissait la peine correspondant au crime commis.
3. **Limons :** les deux pièces de bois entre lesquelles on attelle le cheval.

cœur, l'engage et lui ordonne de monter immédiatement dans la charrette. Amour le veut, il bondit dedans ! Il se moque de la honte, puisque tels sont le commandement et la volonté d'Amour.

Pendant ce temps, monseigneur Gauvain se lance au galop derrière la charrette. Il y découvre le chevalier, assis dedans. Stupéfait, il dit : « Nain, donne-moi des nouvelles de la reine, si tu en as. »

Le nain répond : « Si ta haine pour toi-même est identique à celle de ce chevalier assis là, monte à ses côtés, si tu en as envie. Je t'emmènerai avec lui. » Monseigneur Gauvain a bien entendu la proposition et la juge totalement folle. Il affirme qu'il n'y montera pas, car ce serait être trop grossièrement désavantagé que d'échanger une charrette contre un cheval. « Mais va ! Où tu iras, j'irai ! »

Suivant la même direction, ils se mettent alors en chemin, l'un sur son cheval, les deux autres dans la charrette. À la tombée de la nuit, ils arrivent dans un château magnifique et imposant. Tous les trois ensemble, ils entrent par l'une des portes. Les gens restent stupéfaits à la vue du chevalier que le nain transporte dans sa charrette. Mais, loin d'en discuter entre eux, petits et grands, vieillards et enfants se mettent à le huer[1] de rue en rue. Le chevalier entend dire à son sujet des injures et des paroles bien insolentes. Tous en chœur demandent :

« À quel supplice ce chevalier sera-t-il livré ? Sera-t-il écorché vif ou pendu ? Noyé ou brûlé sur un bûcher d'épines ? Dis, nain, dis, toi qui le traînes, de quel crime est-il accusé ? Est-il coupable de vol ou de meurtre ? A-t-il été vaincu en combat judiciaire[2] ? »

Le nain reste silencieux, pas un mot sur quoi que ce soit. Suivi de près par Gauvain, il conduit le chevalier là où il doit être logé.

C'était une tour qui donnait de plain-pied[3], côté ville. De l'autre côté s'étendait une prairie. La tour, elle, assise sur une roche de couleur bise[4] et taillée à pic, s'élevait en hauteur. À cheval, Gauvain entre à la suite de la charrette. Dans la grand-salle, ils rencontrent une demoiselle magnifiquement vêtue. Elle dépassait en beauté toutes les femmes du pays. Ils voient venir avec elle deux

---

1. **Huer** : couvrir d'injures.
2. **Combat judiciaire** : voir note 2 page 22.
3. **De plain-pied** : au même niveau (que le sol) et sur un seul étage.
4. **Bise** : d'un gris tirant sur le brun.

jeunes filles belles et gracieuses qui, dès qu'elles aperçoivent monseigneur Gauvain, le saluent avec joie et lui font fête. S'informant de l'autre chevalier, elles demandent :

« Nain, quel crime a donc commis ce chevalier que tu traînes comme un infirme ? »

Mais le nain ne daigne pas leur donner d'explication. Il fait descendre le chevalier de la charrette et s'en va. Nul ne sait où.

Monseigneur Gauvain descend de cheval. Aussitôt s'avancent des serviteurs pour désarmer les deux chevaliers. Ils s'habillent de deux manteaux de fourrure que la demoiselle leur fait apporter. Un délicieux repas les attendait à l'heure du souper. La demoiselle était assise à côté de monseigneur Gauvain. Pour rien au monde les chevaliers n'auraient souhaité être ailleurs dans l'espoir de trouver mieux. La demoiselle, en effet, les a traités avec respect et délicatesse toute la soirée.

Quand ils eurent assez veillé, on leur prépara dans la salle deux lits spacieux. Il y en avait un troisième, plus vaste et plus beau. Comme le dit le conte, il offrait tous les agréments que l'on est en droit d'attendre d'un lit. Au moment de se coucher, la jeune fille emmena ses hôtes et leur montra les deux lits spacieux en disant :

« Les deux lits que vous voyez là sont faits pour vous. Mais personne ne peut coucher dans celui que vous apercevez là-bas s'il ne l'a pas mérité. Il n'a pas été préparé pour vous ! »

Le chevalier arrivé sur la charrette répondit du tac au tac[1] qu'il rejetait avec mépris l'interdiction de la jeune fille :

« Pourriez-vous me dire la raison pour laquelle ce lit est défendu ? »

Et sans avoir à réfléchir, car elle connaissait bien la réponse, la demoiselle rétorqua[2] :

« Ce n'est pas à vous de poser des questions ni de tenter de savoir la vérité. Indigne en ce monde est le chevalier qui est monté sur la charrette, indigne de sa part de poser de telles questions et, surtout, d'oser coucher dans ce lit ! Il pourrait le payer cher. Et je ne l'ai pas fait préparer avec tant de luxe pour que ce soit vous qui y couchiez ! Vous pourriez le payer cher si seulement l'idée vous traversait l'esprit !

---

1. **Du tac au tac :** aussitôt et sur le même ton.
2. **Rétorqua :** répondit vivement.

– Et pourtant vous allez le voir, dit-il, et tout de suite.

– Je vais le voir ?

– Mais oui !

– Eh bien, allez-y, faites voir !

– Je ne sais pas qui va le payer cher, poursuivit le chevalier, mais, sur ma tête[1], que cela plaise ou non, j'ai bien l'intention de m'allonger sur ce lit et de m'y reposer agréablement. »

Aussitôt qu'il a enlevé ses chausses[2], il s'allonge sur le lit qui était plus long et plus haut que les autres d'une demi-aune[3] et se glisse sous une couverture de soie jaune étoilée d'or. La doublure n'était certainement pas une fourrure pelée, c'était de la zibeline[4] ! Cette couverture sous laquelle il se glissait était bien digne d'un roi. Et le lit ! Il n'était pas fait de chaume[5], ni de paille, ni de vieilles nattes[6]. À minuit, telle la foudre, une lance fusa[7] des lattes du toit. Pointe en bas, elle allait transpercer le chevalier et coudre ses flancs à la couverture… Un pennon[8] enflammé était attaché à cette lance. La couverture prit feu, puis les draps et le lit tout entier. Le fer de la lance frôla de si près les côtes du chevalier qu'il lui écorcha un peu la peau, sans toutefois le blesser. Alors le chevalier se relève, éteint le feu et se saisit de la lance qu'il jette au beau milieu de la pièce sans même quitter son lit. Au contraire, il se recouche avant de s'endormir aussi paisiblement qu'avant.

Au lever du jour, le lendemain matin, la demoiselle de la tour fit préparer pour eux la célébration de la messe, puis les fit réveiller et se lever. Après le service divin[9], le chevalier qui s'était assis dans la charrette s'approcha, songeur, des fenêtres qui donnaient

---

1. **Sur ma tête :** je le jure sur ma tête.
2. **Chausses :** partie du vêtement (en drap ou en soie) ou pièce de l'armure (en mailles d'acier) qui protège les jambes et les pieds.
3. **Une demi-aune :** cinquante-neuf centimètres (une aune mesure 1,18 mètre).
4. **Zibeline :** petit mammifère de Sibérie et du Japon dont la fourrure est particulièrement luxueuse et coûteuse.
5. **Chaume :** partie de la tige des céréales qui reste dans le champ après la récolte et dont on recouvre les toits des maisons.
6. **Nattes :** pièces de tissu fait de brins végétaux entrelacés et qui servaient de couchette.
7. **Fusa :** jaillit.
8. **Pennon :** petit drapeau triangulaire.
9. **Service divin :** messe.

sur la prairie. De là, il plongeait le regard sur les prés en contrebas. La jeune fille était penchée à la fenêtre voisine. Monseigneur Gauvain, un peu à l'écart, a discuté avec elle un bon moment. J'ignore de quoi il lui parlait, j'ignore ce qu'il pouvait lui raconter. Quoi qu'il en soit, ils sont restés là, appuyés sur le bord de la fenêtre, jusqu'à ce qu'ils aperçoivent un brancard qu'on transportait dans les prés le long de la rivière. Sur ce brancard se trouvait un chevalier et, à côté, trois demoiselles qui exprimaient une intense et âpre douleur. Derrière le brancard, ils distinguent une petite troupe. Devant chevauchait un chevalier de grande taille qui tenait par la main gauche une dame d'une grande beauté. Le chevalier à la fenêtre la reconnut, c'était la reine. La contemplant avec ravissement, il la suivit du regard le plus longtemps possible. Quand il ne fut plus en mesure de la voir, il voulut se laisser glisser dans le vide, abandonner son corps à la chute. Il était déjà à moitié hors de la fenêtre quand monseigneur Gauvain le vit et le tira en arrière avant de lui dire : « De grâce, monseigneur, calmez-vous ! Par Dieu, chassez pour toujours de vos pensées l'idée d'une telle folie. Quel grand tort de haïr votre vie !

– Mais non, il a bien raison, répliqua la demoiselle. La nouvelle de son déshonneur ne va-t-elle pas se répandre partout ? Puisqu'il est monté dans la charrette, il doit souhaiter la mort. Il aurait plus de valeur mort que vivant ! Désormais, sa vie est vouée à la honte, au mépris et au malheur. »

Bientôt, les voyageurs rencontrent une demoiselle qui leur montre la direction à suivre pour retrouver la reine. Elle révèle que c'est Méléagant, le fils de Bademagu, roi de Gorre, qui a emmené la souveraine chez lui, dans le royaume de Gorre « dont nul étranger ne revient ». Et elle les prévient : les deux voies d'accès au royaume, le Pont dans l'Eau et le Pont de l'Épée, sont redoutables ! Mais Gauvain décide de se risquer sur le Pont dans l'Eau tandis que le mystérieux chevalier tentera le Pont de l'Épée. Sur le chemin du chevalier de la charrette les obstacles se succèdent : c'est d'abord l'épreuve du Gué défendu qui l'oppose à un chevalier dont il épargne généreusement la vie, puis c'est la tentative de séduction d'une demoiselle qui, en dépit de son insuccès amoureux, accepte de l'accompagner sur les traces de la reine...

Clefs d'analyse

Épisode 1

Prologue ; la charrette ; la lance enflammée

Action et personnages

1. Quel trait de caractère affiche Gauvain en cédant immédiatement un de ses chevaux au chevalier ? De quelle manière le fait-il ?
2. Expliquez pourquoi Gauvain « regrette amèrement » de ne pas avoir participé au combat qui a opposé plusieurs chevaliers : que révèle-t-il ainsi de sa personnalité et des valeurs chevaleresques ?
3. Que propose le nain au mystérieux chevalier ? Pourquoi ce dernier continue-t-il son chemin avant, finalement, d'accepter l'offre du nain ? Que risque-t-il désormais ?
4. Comparez la conduite de Lancelot à celle de Gauvain face à la charrette. Que peut-on en déduire ?
5. Qui est le nain ? Commentez sa conduite dans cet épisode.
6. Comment réagissent les gens puis les demoiselles du château à la vue de la charrette ? Pourquoi ?
7. Comment les voyageurs sont-ils accueillis dans le château ? Qu'apprenez-vous sur les usages du Moyen Âge ?
8. Quel trait de caractère affiche le mystérieux chevalier en s'installant dans le lit interdit ?
9. Pour quelle raison le mystérieux chevalier est-il tenté de se laisser glisser dans le vide après avoir reconnu la reine ? Comparez les interprétations de Gauvain et de la jeune fille.

Langue

10. Que vous laisse supposer la série d'adjectifs décrivant le chevalier que rencontre Gauvain au début de l'extrait : « harassé, épuisé, essoufflé et ruisselant de sueur » ? Expliquez l'effet recherché par l'énumération.
11. « Raison qui s'oppose à Amour » : expliquez cette phrase et justifiez l'emploi des majuscules.

Clefs d'analyse **Épisode 1 – Prologue ; la charrette ; la lance enflammée**

Genre ou thèmes

12. Que dit l'auteur dans le prologue ? À qui s'adresse-t-il ? Reportez-vous à la page 10 pour répondre plus précisément.
13. Quel rôle s'attribue Chrétien de Troyes dans la création de son roman ?
14. Relevez les interventions du conteur : que dit-il ? à qui s'adresse-t-il ? Qu'apportent ces interventions au récit ?
15. À qui sont généralement réservées les charrettes ? Relevez les termes défavorables cherchant à montrer leur fonction.
16. « Quel malheur [...] Un jour, il devra le payer cher » : qui fait ici entendre sa voix ? Quelle péripétie est annoncée dans la suite du roman ? Quel effet cette annonce produit-elle sur le public ?
17. Quel événement surnaturel intervient dans le château ? Comment expliquer l'attitude du chevalier ?

Écriture

18. Décrivez le « délicieux repas » offert aux voyageurs dans le somptueux château. Vous ferez apparaître à travers des détails suggestifs le « respect » et la « délicatesse » de la « demoiselle magnifiquement vêtue » qui leur tient compagnie.

Pour aller plus loin

19. Qu'est-ce qu'une allégorie ? Recherchez le sens de ce mot dans le dictionnaire et dites pourquoi il est utile de le connaître ici.

✻ *À retenir*

Le roman du Moyen Âge se plaît à laisser des éléments de **mystère**. Ainsi, le personnage du nain reste-t-il **énigmatique** tout au long de cet épisode. De même, on ne connaît pas le nom du chevalier qui monte dans la charrette et, après l'aventure de la lance enflammée, on s'étonne qu'un héros qui affiche tant de vertus ait accepté le déshonneur de la charrette.

Épisode 2
Les cheveux d'or

SUIVANT toujours les sentiers et les chemins les plus directs, ils chevauchent le long des routes jusqu'à ce qu'ils approchent d'une fontaine située au beau milieu d'un pré. Elle était entourée d'un bloc de pierre. Quelqu'un, je ne sais qui, avait oublié sur cette pierre un peigne en ivoire[1] incrusté d'or. Personne, sage ou fou, n'en vit d'aussi magnifique depuis le temps du géant Issoire[2]. Dans les dents du peigne restaient accrochés quelques cheveux de celle qui s'en était coiffée. Une bonne poignée !

Quand la demoiselle aperçoit la fontaine et la pierre, elle veut empêcher le chevalier de les voir. Elle préfère donc changer de direction. Lui, qui se délecte[3] de ses pensées et goûte infiniment ses rêveries, ne prend pas tout de suite conscience qu'elle le fait changer de chemin. Mais il finit par s'en rendre compte et, craignant qu'elle le détourne de sa route pour éviter quelque péril, il a peur d'être trompé :

« Arrêtez, mademoiselle ! s'écrie-t-il, vous suivez une mauvaise direction ; venez plutôt par ici ! Jamais, je crois, on n'a pu suivre la bonne route en sortant de celle-ci.

– Monseigneur, dit la jeune fille, en prenant l'autre, nous aurons un meilleur chemin, j'en suis sûre.

– J'ignore, demoiselle, ce que vous avez en tête, mais vous pouvez voir aisément que la voie praticable est là. Je m'y suis engagé, je ne prendrai donc pas d'autre direction. Je vous en prie, venez par ici, car c'est par là que je poursuivrai. »

Ils avancent, arrivent près de la pierre et découvrent le peigne.

« Autant qu'il m'en souvienne, dit le chevalier, je n'ai jamais vu un peigne aussi beau que celui que j'ai maintenant sous les yeux.

---

1. **Ivoire :** défense d'éléphant qui servait à fabriquer des objets très précieux.
2. **Géant Issoire :** roi païen fréquemment cité dans les chansons de geste.
3. **Se délecte :** savoure, prend grand plaisir à.

– Donnez-le moi ! fit la jeune fille.

– Bien volontiers, mademoiselle, répondit-il. » Il se baisse alors et prend le peigne. Il le tient dans sa main, le regarde un long moment et admire les cheveux. La demoiselle éclate de rire. Il l'entend et la prie de lui dire pourquoi elle rit ainsi. Elle réplique :

« N'insistez pas, je ne vous en dirai rien pour le moment.

– Mais pourquoi ?

– Parce que je n'y tiens pas ! »

À ces mots, le chevalier la supplie de répondre, car il est convaincu qu'une amie ne doit pas manquer à sa parole envers son ami, et réciproquement[1] :

« Si vous avez un ami cher à votre cœur, demoiselle, je vous implore et vous conjure en son nom de ne pas me cacher votre secret plus longtemps.

– Ah ! Que d'insistance dans votre prière ! Je vais tout vous avouer, sans vous mentir d'un mot, répond-elle. Si jamais j'ai su quelque chose dans ma vie, c'est bien à propos de ce peigne : je sais bien qu'il appartenait à la reine. Et vous pouvez me croire, les cheveux qui sont restés dans ses dents, ceux que vous avez sous les yeux, si beaux, si clairs, si lumineux, ce sont des cheveux de la reine. Ils n'ont pas poussé dans une autre prairie !

– Ma foi, répond le chevalier, il y a tant de reines et de rois. De quelle reine voulez-vous parler ?

– Eh bien, de la femme du roi Arthur ! »

À ces mots, malgré la force de caractère du chevalier, son corps se plie, l'obligeant à s'appuyer devant lui sur le pommeau[2] de la selle. La demoiselle est stupéfaite. Quel étonnement ! Elle croit qu'il va s'écrouler. Ne la blâmez pas d'avoir peur : elle craint qu'il se soit évanoui. En réalité, c'est tout comme. Vraiment, il s'en faut de peu ! Car son cœur est si bouleversé qu'il reste sans voix et perd toutes ses couleurs pendant un long moment. La jeune fille met alors pied à terre et se précipite vers lui aussi rapidement qu'elle peut pour l'empêcher de tomber et lui porter secours. Pour rien au monde, en effet, elle n'aurait voulu le voir s'écrouler à terre. Il sent qu'elle approche. Mort de honte, il lui demande :

---

1. **Réciproquement :** inversement.
2. **Pommeau :** partie arrondie à l'avant de la selle.

« Pour quelle raison vous précipitez-vous vers moi ? »

N'allez pas croire que la demoiselle lui confie ses intentions, il aurait été trop honteux et tourmenté. Quelle douleur et quelle gêne pour lui si elle lui avait avoué la vérité ! Elle s'est donc bien gardée de la lui dire et, plutôt, lui a déclaré, un peu malicieuse :

« Monseigneur, je suis descendue de cheval parce que je venais chercher ce peigne. Il m'a fait tellement envie que j'ai cru ne pas pouvoir patienter plus longtemps. »

Lui qui voulait bien lui donner le peigne le lui offre. Mais auparavant il en retire si délicatement les cheveux qu'il n'en casse aucun. Jamais personne ne verra accorder tant d'honneur à une chose : il se met à les adorer et, plus de cent mille fois, les porte à ses yeux et à sa bouche, s'en caresse le front et le visage. Il en tire toutes les joies qu'il peut. Quel bonheur, quelle plénitude[1] extrême ! Il les glisse entre sa chemise et sa peau près de son cœur, sur son sein[2]. Il ne les aurait pas échangés contre un tombereau[3] entier d'émeraudes et d'escarboucles[4]. Il en est persuadé, le voilà désormais à l'abri des ulcères[5] et de toute maladie. Aussi n'a-t-il que mépris pour les fortifiants, les drogues et les remèdes et même pour les prières à saint Martin et à saint Jacques. Il peut bien se passer de leur aide tant il a foi en ces cheveux ! Mais qu'est-ce que c'était que ces cheveux ? On me traitera de menteur et de fou si je dis la vérité. Imaginez toutes les marchandises sur les étals[6] de la foire du Lendit[7] quand elle bat son plein ! Eh bien, le chevalier n'en aurait pas voulu, c'est sûr, s'il avait dû être privé pour cela de ces cheveux. Vous voulez toute la vérité ? On avait l'impression que, à côté de ces cheveux, l'or raffiné cent mille fois et purifié autant de fois aurait paru plus obscur que la nuit comparée au plus beau jour d'été.

---

1. **Plénitude :** bonheur absolu, sentiment de perfection.
2. **Sein :** poitrine.
3. **Tombereau :** chargement d'une voiture constituée d'une caisse montée sur deux roues que l'on fait basculer à l'arrière pour décharger.
4. **Escarboucles :** grenats rouge foncé dont l'éclat est très vif.
5. **Ulcères :** plaies qui ne cicatrisent pas (le chevalier pense que les cheveux vont lui porter bonheur en le protégeant de toutes les maladies).
6. **Étals :** étalages.
7. **Foire du Lendit :** foire qui se tenait chaque année en juin près de Saint-Denis.

Mais pourquoi allonger mon récit ? Le peigne à la main, la jeune fille remonte rapidement en selle. Quant au chevalier, il se sent ivre de bonheur en pressant les cheveux sur son cœur.

Dans un étroit sentier, la demoiselle rencontre un de ses prétendants passionnément amoureux d'elle. Il exige qu'elle le suive. Mais comme elle le déteste, elle demande et obtient la protection du chevalier de la charrette. Au moment où les deux chevaliers vont se mesurer l'un à l'autre, survient le père du prétendant qui oblige son fils à renoncer au combat et à laisser la jeune fille tranquille. Toutefois, le père et le fils suivront ensemble le chevalier de la charrette toujours accompagné de la demoiselle...

Clefs d'analyse

Épisode 2

Les cheveux d'or

Action et personnages

1. Pourquoi la demoiselle s'écarte-t-elle du chemin principal ? Comment réagit le mystérieux chevalier ? Quelle personnalité révèle-t-il ?
2. Qu'apprenez-vous sur l'apparence physique de la reine ?
3. Quelles sont les manifestations physiques du trouble qui saisit le chevalier quand il apprend que les cheveux sont ceux de la reine ? Expliquez ce trouble.
4. Pourquoi la demoiselle prétend-elle s'être précipitée pour s'emparer du peigne ? Que veut-elle éviter au chevalier ?
5. Le chevalier porte les cheveux à ses yeux, à sa bouche, puis il s'en caresse le front et le visage avant de les recueillir sur sa poitrine : que suggèrent ces gestes ?
6. Expliquez le bonheur du chevalier en possession des cheveux de la reine. Quel pouvoir leur attribue-t-il ? Que comprenez-vous alors de ses sentiments pour la souveraine ?

Langue

7. Relevez les termes soulignant la beauté du peigne. Que suggère le conteur sur la propriétaire d'un tel peigne ?
8. Isolez les passages de dialogue : sur quel ton le mystérieux chevalier et la demoiselle qui l'accompagne se parlent-ils ? Quel type de relation entretiennent-ils ?
9. « et **plus de cent mille fois,** les porte à ses yeux et à sa bouche » : comment s'appelle cette figure de style fondée sur l'exagération ? Quelle impression veut ainsi créer le conteur ?
10. Relevez dans la suite du récit le même procédé et expliquez sa fréquence.

Genre ou thèmes

11. « une amie ne doit pas manquer à sa parole envers son ami, et réciproquement » : expliquez cette règle du code courtois.

12. « Ne la blâmez pas d'avoir peur : elle craint qu'il se soit évanoui. En réalité, c'est tout comme » : Justifiez cette intervention du conteur. Relevez, dans la suite du texte, ses autres prises de parole. Qu'apporte-t-il par ses commentaires et ses explications ?

Écriture

13. Racontez la scène pendant laquelle la reine Guenièvre, lors d'une halte sur le chemin de son exil, a oublié ou volontairement abandonné son peigne sur la pierre de la fontaine. Vous prendrez soin de plonger le lecteur dans les pensées de la souveraine.
14. Brossez un portrait de la reine en utilisant, comme le conteur, l'hyperbole. Vous parlerez notamment de son visage, de ses cheveux, de ses yeux et de sa taille en multipliant les comparaisons flatteuses.

Pour aller plus loin

15. En vous aidant de l'étude présentée dans les pages 12 à 15 de votre Petit Classique, expliquez en quoi consiste la « courtoisie » au Moyen Âge ? Comment doit se conduire un chevalier courtois ?

✱ *À retenir*

Conformément à la tradition orale au Moyen Âge, les interventions du conteur au fil du récit sont nombreuses. Elles s'expriment sous diverses formes : questions au public, avertissements sur le sens et les suites d'une action, explications sur la conduite ou les sentiments des personnages. Le conteur ne s'efface pas : au contraire il affirme sa présence, insiste sur son rôle pour dramatiser son histoire et instaurer un lien direct avec le public qui l'écoute.

Épisode 3
Le cimetière enchanté

ILS ONT CHEVAUCHÉ jusque dans l'après-midi. Ils aperçoivent alors une église dans un endroit splendide. Près du chœur s'étendait un cimetière entouré de murs. Le chevalier ne s'est pas comporté comme un mal élevé ou un imbécile quand, à pied, il est entré dans l'église pour prier Dieu. La demoiselle tenait son cheval jusqu'à son retour.

Après avoir fini ses prières, le chevalier revient sur ses pas. Il voit alors venir vers lui un très vieux moine. Ils se croisent et le chevalier lui demande très humblement de lui dire ce qu'il y avait derrière ces murs, car il l'ignorait. Le moine lui ayant répondu qu'il s'agissait d'un cimetière, le chevalier lui demande :

« Conduisez-moi, avec l'aide de Dieu.

– Bien volontiers, seigneur. »

Il le prend par la main et le mène dans le cimetière au milieu des plus belles tombes qu'on puisse trouver jusque dans la Dombes[1] et, de là, jusqu'à Pampelune[2]. Sur chacune d'elles, on pouvait lire gravées en toutes lettres les noms de ceux qui y reposeraient un jour. Le chevalier lui-même se mit à lire d'un trait tous ces noms.

Il découvrit :

« Ici reposera Gauvain, ici Leonés et ici Yvain. »

À la suite de ces trois noms, il en a lu bien d'autres, tous appartenant à des chevaliers d'élite[3], parmi les plus valeureux et les plus glorieux de ce pays et d'ailleurs. Au milieu des tombes, il en a remarqué une en marbre qui semblait à la fois plus récente et plus admirable que toutes les autres. Le chevalier appelle le moine et lui demande :

« Mais à quoi servent toutes ces tombes ? »

L'autre lui répond :

« Vous avez bien lu les inscriptions ? Si vous les avez comprises, vous savez bien ce qu'elles disent et ce que signifient ces tombes.

---

1. **Dombes :** région située en France, entre l'Ain, le Rhône et la Saône.
2. **Pampelune :** ville située en Navarre.
3. **Chevaliers d'élite :** les meilleurs chevaliers.

– Vous ne me dites rien de la plus grande, celle qui est là-bas. À qui va-t-elle servir ? »

L'ermite[1] lui répond :

« Je vais vous l'expliquer. C'est une sépulture[2] qui surpasse toutes celles qui ont été faites avant elle. Personne, ni moi ni qui que ce soit, n'en a jamais vu d'aussi remarquable ni d'aussi richement ouvragée ! Elle est encore plus belle à l'intérieur qu'à l'extérieur. Mais ne vous tracassez pas, ce serait bien inutile : jamais vous n'en verrez l'intérieur ! En effet, il faudrait sept hommes costauds et vigoureux pour soulever la dalle qui recouvre cette tombe et l'ouvrir. Oui, sachez-le, soulever cette dalle réclamerait sept hommes bien plus forts que vous et moi ! On y découvre l'inscription suivante : *Celui qui, grâce à ses seules forces pourra soulever cette dalle, délivrera celles et ceux qui sont emprisonnés dans ce pays d'où personne, paysan ou noble, ne peut s'échapper sauf ceux qui y sont nés. Nul n'en est encore revenu. Les étrangers y sont jetés en prison alors que les gens du pays vont et viennent, entrent et sortent, comme ils le souhaitent.* »

À l'instant même le chevalier agrippe la dalle et la soulève sans peine, bien plus facilement que dix hommes qui s'y seraient mis de toute leur force ! Frappé de stupeur, le moine est à deux doigts de s'écrouler. C'est qu'il n'imaginait pas voir un tel prodige[3] de toute sa vie. Il dit alors :

« Seigneur, je suis très curieux d'apprendre votre nom. Accepteriez-vous de me l'apprendre ?

– Moi ? Ma foi, non !

– Vraiment, répond le moine, j'en suis bien contrarié. Si vous vouliez me le confier, vous feriez preuve de courtoisie[4] et vous pourriez en tirer grand profit. D'où êtes-vous, de quel pays ?

– Vous le voyez, je suis un chevalier et je viens du royaume de Logres[5]. Avec cette réponse, je voudrais maintenant être quitte de

---

1. **Ermite :** le moine qui vit isolé du reste du monde.
2. **Sépulture :** tombe.
3. **Prodige :** événement extraordinaire.
4. **Vous feriez preuve de courtoisie :** vous agiriez noblement, comme l'exigent les manières de cour.
5. **Royaume de Logres :** royaume d'Arthur.

ce que je vous dois[1]. Mais vous, redites-moi s'il vous plaît, qui doit reposer dans cette tombe.

– Seigneur, celui qui réussira à délivrer tous ceux qui sont pris dans cette trappe, dans le royaume d'où nul ne s'échappe[2]. »

Informés par le moine de l'exploit du chevalier de la charrette, le prétendant de la demoiselle et son père décident qu'il est plus sage de faire demi-tour. Quant à la demoiselle accompagnatrice, elle essaye en vain de connaître l'identité du héros puis elle le laisse seul continuer sa route.

Quand la nuit tombe, le chevalier de la charrette accepte l'hospitalité d'un vavasseur qui se révèle originaire du royaume de Logres. Captif avec sa famille, il espère que le chevalier de la charrette dont tout le monde parle désormais délivrera tous ceux qui, comme lui, sont prisonniers au royaume de Gorre. Aimablement, il lui indique la route à suivre pour atteindre le Pont de l'Épée, en passant par le dangereux Passage des Pierres.

Accompagné de deux des fils du vavasseur, le chevalier force le passage gardé par des soldats et se résout, malgré son impatience de retrouver la reine, à passer la nuit chez un homme disposé à l'héberger, tandis qu'on annonce la révolte des gens de Logres que stimule la réputation du chevalier de la charrette venu les délivrer.

Bientôt, un chevalier « plus orgueilleux qu'un taureau » veut empêcher le chevalier de la charrette d'accéder au Pont de l'Épée. Un violent combat oppose les deux hommes. Vainqueur, le chevalier de la charrette se montre généreux : devant les supplications du vaincu, il est prêt à faire grâce quand une jeune fille arrive à bride abattue et lui demande un don qu'il accorde : sans le savoir, le chevalier de la charrette a accordé à la demoiselle la tête du vaincu !

Très ennuyé, le chevalier trouve une parade : il propose au prétendant un deuxième combat, en lui laissant l'avantage. L'orgueilleux, vaincu une deuxième fois, est décapité. Sa tête est remise à la jeune fille qui, en retour, promet au chevalier de la charrette que, le moment venu, elle saura se montrer reconnaissante.

Le chevalier de la charrette et ses deux compagnons de route se dirigent alors vers le Pont de l'Épée.

---

1. **Ce que je vous dois :** ce qu'exigent les règles de la courtoisie.
2. **Le royaume d'où nul ne s'échappe :** le royaume de Gorre.

Clefs d'analyse

Épisode 3

Le cimetière enchanté

Action et personnages

1. Quel nouveau trait découvrez-vous chez le chevalier de la charrette à son entrée dans l'église ?
2. Expliquez et justifiez l'étonnement du chevalier devant les tombes.
3. Comment réagit le moine quand le chevalier de la charrette soulève la dalle ? Citez les termes les plus expressifs du texte.
4. À votre avis, pourquoi le chevalier refuse-t-il de donner son nom, alors que le code de la courtoisie exigerait l'inverse ?
5. Quels renseignements le chevalier donne-t-il pourtant sur lui ?

Langue

6. Pourquoi le conteur précise-t-il que le chevalier s'adresse « très humblement » au moine ? Que signifie cet adjectif et que révèle-t-il du chevalier de la charrette ?
7. Les termes « moine » et « ermite » qui désignent le vieillard sont-ils synonymes ? Aidez-vous du dictionnaire pour répondre.
8. Relevez les termes soulignant la richesse et le mystère de la tombe en marbre. Que symbolise sa splendeur ? Qui accueillera-t-elle dans le futur ?
9. L'exploit du chevalier est-il un « prodige » comme le définit le moine ? Donnez votre point de vue en vous appuyant sur la définition de ce mot.

Genre ou thèmes

10. Quelle impression crée ce cimetière sur le moine ? Sur le chevalier ? Sur le public à qui est destiné le récit ?
11. Quel événement annonce l'inscription de la tombe en marbre ? En quoi est-elle énigmatique ? Peut-on parler ici de surnaturel ? Justifiez votre réponse.
12. Quelles sont les caractéristiques du pays dans lequel est emmenée la reine ? Précisez le sort réservé aux prisonniers. Qu'ont-ils à attendre du héros qui soulèvera la dalle de marbre ?

13. À la lumière du code courtois, expliquez la phrase : « Avec cette réponse, je voudrais maintenant être quitte de ce que je vous dois. »
14. En vous référant à l'inscription de la pierre en marbre et à l'exploit du chevalier de la charrette, dites ce que l'on est en droit d'attendre pour la suite du récit.

Écriture

15. « Ils aperçoivent alors une église dans un endroit splendide » : décrivez cet endroit en utilisant un vocabulaire qui en soulignera les beautés et des phrases expressives qui traduiront l'admiration du conteur.
16. La demoiselle a vu l'exploit du chevalier en regardant à travers une fissure du mur. Dans un texte à la première personne (un monologue intérieur), imaginez ses interrogations, ses pensées, ses hypothèses sur le héros.

Pour aller plus loin

17. Une des tombes est destinée à Yvain. Retrouvez dans la Bibliographie p. 139 le titre d'une œuvre de Chrétien de Troyes dont le héros porte ce nom.

✻ *À retenir*

Les conteurs du Moyen Âge aiment faire des annonces dans le récit en laissant prévoir, sous une forme plus ou moins claire, un épisode futur. C'est une manière pour eux de cultiver le suspense. Ici, l'inscription gravée sur la pierre en marbre, suivie de l'exploit du chevalier de la charrette, stimule l'intérêt du public. On se demande si le chevalier de la charrette qui a soulevé avec succès la pierre tombale est bien l'être d'exception qui délivrera les captifs du royaume de Gorre, et parmi eux l'illustre reine Guenièvre.

Épisode 4
Le Pont de l'Épée

ILS SUIVENT ainsi le chemin le plus direct jusqu'à la tombée du jour. Ils atteignent le Pont de l'Épée à l'approche du soir. Ils descendent de cheval à l'entrée de ce pont qui est si dangereux. Ils portent alors le regard sur l'eau traîtresse aux flots sombres et assourdissants, impétueux[1] et abondants. On aurait dit le fleuve des Enfers. L'eau y est aussi dangereuse que profonde. N'importe qui en y tombant y aurait disparu comme dans la mer Bétée[2].

Le pont qui se jetait en travers était différent de tous les autres. Jamais on n'en avait fait et on n'en fera de semblables ; jamais, si vous voulez savoir la vérité, on n'avait fait de pont si dangereux, bâti d'une planche si mauvaise. En effet, ce pont jeté sur l'eau glacée était fait d'une épée polie[3] et étincelante de blancheur. Solide et rigide, elle mesurait la longueur de deux lances. À chacune de ses extrémités, elle était enfoncée dans un gros billot[4] de bois. Personne n'avait à craindre que sa rupture ou son écroulement provoque sa chute : on avait mis tant de soin à la fabriquer qu'elle pouvait supporter d'énormes poids. Par ailleurs, les deux compagnons du chevalier étaient désespérés de voir, leur semblait-il, deux lions ou deux léopards attachés à un bloc de pierre, de l'autre côté du pont.

L'eau, le pont et maintenant les lions provoquent en eux une telle panique que, tremblant de peur, ils disent :

« Monseigneur, acceptez donc un conseil à propos de ce que vous voyez, vous en avez bien besoin ! Ce pont et ses jointures[5] sont épouvantables, sa charpente sinistre. Si vous ne faites pas demi-tour immédiatement, il sera trop tard pour le faire ensuite.

---

1. **Impétueux :** déchaînés comme s'il y avait une tempête.
2. **Mer Bétée :** cette mer se trouve proche de l'enfer. Comprendre ici « mer insondable ».
3. **Polie :** lissée.
4. **Billot :** bloc de bois en forme de tronc d'arbre coupé à la base.
5. **Jointures :** assemblages.

Dans de pareilles circonstances, il convient tout d'abord de bien réfléchir. Peut-on imaginer que vous réussissiez à traverser ? Cela paraît aussi invraisemblable que de retenir le vent et de l'empêcher de souffler, d'interdire aux oiseaux de chanter pour toujours, d'espérer qu'on puisse retourner dans le ventre de sa mère pour renaître – chose absolument impossible – pas plus qu'on ne pourrait vider la mer ! Mais admettons ! Et comment pouvez-vous être sûr et certain que les deux lions enragés, enchaînés là-bas, ne vont pas vous tuer, sucer le sang de vos veines et dévorer votre chair avant de ronger vos os ? Quelle audace d'oser porter le regard sur eux ! Vous pouvez en être sûr, si vous ne prenez garde à vous, ils vous tueront, ils vous briseront et arracheront les membres en un instant. Ils ne sont pas sensibles à la miséricorde[1] ! Ayez plutôt pitié de vous et restez avec nous ! Vous seriez coupable envers vous-même si vous vous jetiez en toute conscience dans cette mort certaine. »

Lui, dans un éclat de rire, leur répond :

« Seigneurs, grand merci de tant vous inquiéter de mon sort ! C'est l'affection et la sincérité qui vous inspirent. Je le sais bien, vous ne souhaiteriez pas qu'il m'arrive malheur de quelque façon que ce soit. Mais ma foi et ma confiance en Dieu sont telles qu'Il me protégera partout. Je ne crains pas plus ce pont et cette eau que cette terre ferme. Je vais donc risquer de passer de l'autre côté et je me rends sur place. Plutôt mourir que faire demi-tour ! »

Les deux autres ne savent plus quoi lui dire. Pris de pitié, ils s'effondrent en larmes et en soupirs pathétiques[2].

Quant au chevalier, il se prépare pour traverser le gouffre le mieux possible. Il fait alors une chose admirable et étrange : il désarme ses pieds et ses mains. Même s'il atteint l'autre rive, il ne s'en sortira pas tout entier et indemne. Il faudra qu'il se tienne fermement sur cette épée qui est bien plus tranchante qu'une faux, les mains nues et les pieds déchaussés, puisqu'il n'a rien gardé aux pieds, ni souliers ni chausses ni avant-pieds[3]. Ah ! Il ne se souciait pas de s'entailler les mains et les pieds et aurait préféré se mutiler

1. **Miséricorde :** indulgence, pitié.
2. **Pathétiques :** chargés d'émotion.
3. **Avant-pieds :** dessus d'une chaussure protégeant le cou du pied.

plutôt que de tomber du pont et de plonger dans l'eau d'où il ne pourrait jamais plus sortir !

Il réussit à passer sur l'autre bord au prix d'un affreux supplice. Quelle atroce douleur ! Il s'inflige de profondes blessures aux mains, aux genoux et aux pieds. Mais Amour qui le conduit et le guide le soulage et le soigne. Que la souffrance lui est douce ! S'aidant de ses mains, de ses pieds et de ses genoux, il est enfin arrivé de l'autre côté. Il se souvient alors des deux lions qu'il imaginait avoir vus là, quand il était encore sur l'autre rive. Il regarde avec attention et ne voit rien, même pas un lézard, rien qui puisse le faire souffrir. Il met la main devant ses yeux pour considérer son anneau[1] et détenir la preuve qu'il a été victime d'une vision puisqu'il n'y voit aucun des deux lions qu'il imaginait avoir aperçus. Il ne distingue âme qui vive !

Constatant qu'il a réussi à traverser, ses compagnons restés sur l'autre rive éclatent de joie, comme il se doit. Il est vrai qu'ils ignorent son supplice. Le chevalier, lui, estime avoir gagné beaucoup puisqu'il n'a pas subi de plus cruels tourments. Tandis qu'avec sa chemise, il éponge le sang qui coule abondamment de ses plaies, il découvre une tour devant lui. Jamais il n'avait vu de ses yeux de tour aussi puissante. Impossible d'en trouver une plus superbe ! Le roi Bademagu était appuyé à l'une des fenêtres. Esprit subtil[2] et vif, il n'avait qu'un désir : se consacrer entièrement à l'honneur et à la vertu et, par-dessus tout, défendre et soutenir la loyauté. Quant à son fils, qui était accoudé près de lui, il s'efforçait constamment de faire le contraire. Il avait plaisir à se montrer déloyal et à commettre des infamies[3] ; la trahison et la cruauté ne le lassaient ni ne le dégoûtaient jamais. Du haut de la tour ils ont pu voir le chevalier franchir le pont au prix de terribles souffrances. De colère et d'aigreur, le visage de Méléagant a changé de couleur. Il sait bien maintenant que quelqu'un va lui contester la reine. Mais il était si valeureux qu'il ne craignait aucun adversaire, quelles que soient sa force et sa brutalité. S'il n'avait été traître et

---

1. **Anneau :** anneau magique dont la pierre anéantit les enchantements. Le chevalier tient cet anneau de protection de la fée Viviane – la Dame du Lac – qui l'a élevé.
2. **Subtil :** plein de finesse.
3. **Infamies :** actions basses et déshonorantes.

déloyal il aurait été le meilleur chevalier du monde, mais il avait un cœur de pierre inaccessible à la douceur et à la pitié. Tout ce qui pouvait faire la joie et les délices du roi faisait le mécontentement et la peine de son fils. Le roi en était certain : le chevalier qui venait de traverser le pont était de loin le meilleur de tous. Personne n'aurait jamais osé franchir ce passage en logeant Lâcheté en son cœur, elle qui couvre les siens de honte bien plus vite que Prouesse ne comble les gens de bien. C'est d'ailleurs la raison pour laquelle Prouesse a moins de pouvoir que Lâcheté et Paresse. Telle est la vérité, vous le savez bien : il est plus facile de faire le mal que le bien.

J'aurais beaucoup à vous dire sur ces deux valeurs opposées, mais ce serait retarder mon récit. Je préfère donc parler d'autre chose et retourner à mon sujet. Écoutez le discours que le père fait à son fils pour lui donner une leçon :

« Mon fils, nous sommes venus par hasard, toi et moi, nous accouder à cette fenêtre. Nous en avons été récompensés en assistant à l'exploit le plus hardi qu'on ait jamais envisagé et réalisé. Dis-moi, tu n'admires pas le chevalier qui a réussi une prouesse aussi formidable ? Allons, cherche un accord et arrange-toi avec lui, remets-lui la reine sans condition ! Cette querelle est stérile[1] pour toi et tu pourrais en récolter de grands malheurs. Essaie de te montrer sage et courtois : envoie-lui la reine avant même que tu ne le voies. Reçois-le sur ta terre en lui faisant honneur : avant qu'il le réclame, donne-lui ce qu'il est venu chercher. Tu le sais parfaitement : il cherche la reine Guenièvre. Évite donc d'être considéré comme entêté, fou et orgueilleux. Si ce chevalier est entré seul sur ta terre, il convient de lui tenir compagnie, car un homme d'honneur doit attirer vers lui tout homme d'honneur, l'accueillir avec respect et prévenance et ne pas le tenir à l'écart. Qui honore autrui s'honore soi-même. Sache-le, l'honneur sera pour toi si tu honores et respectes ce chevalier qui est incontestablement le meilleur du monde. – Dieu me damne, répond son fils, s'il n'en existe pas d'aussi bons ou même de meilleurs ! »

Son père a eu tort d'oublier que son fils ne s'estime pas inférieur à quiconque ! Il ajoute :

1. **Stérile** : vaine, inutile.

« Vous voulez peut-être que je devienne son vassal, pieds et mains jointes, et que je tienne ma terre de lui[1] ? À la grâce de Dieu, plutôt que de lui rendre la reine, je préférerais devenir son vassal ! Mais non, je ne la lui rendrai certainement pas. Je me battrai pour elle, je la défendrai contre tous les chevaliers qui seraient assez fous pour oser venir la chercher ! »

Le roi Bademagu tente, par de multiples arguments, de convaincre Méléagant : il doit rendre la reine Guenièvre qu'il a enlevée de force ! Fou de colère et plein d'arrogance, Méléagant rejette les sages conseils de son père : il gardera la reine, sa prisonnière, et rien ne le fera renoncer au combat.

Bademagu se résout alors à aider le chevalier de la charrette en lui apportant une assistance matérielle et morale. Avec beaucoup de simplicité, le souverain s'approche du chevalier occupé à panser ses blessures. Il lui confirme la présence de la reine et l'assure qu'elle est traitée avec tous les égards dus à son rang. Après quoi, il l'invite à prendre du repos avant son duel avec Méléagant. Par respect, le chevalier, malgré son impatience, accepte d'attendre jusqu'au lendemain, ce qui laisse au roi le temps d'intervenir une dernière fois auprès de son fils. Sans succès. Le combat aura donc lieu, devant une très large assemblée des captifs du royaume de Logres qui espèrent leur délivrance...

---

1. **Que je devienne son vassal, pieds et mains jointes, et que je tienne ma terre de lui :** allusion au lien vassalique. Le seigneur suzerain accorde une terre au chevalier lors de la cérémonie d'adoubement (voir p. 12).

Clefs d'analyse

Épisode 4

Le Pont de l'Épée

Action et personnages

1. Quels sont les trois dangers principaux du Pont de l'Épée ?
2. « Vous seriez coupable envers vous-même si vous vous jetiez en toute conscience dans cette mort certaine » (l. 40-41) : expliquez cet argument moral des deux frères.
3. Quels autres arguments utilisent-ils pour empêcher le chevalier de s'engager sur le pont ? Vous paraissent-ils convaincants ? Pourquoi ?
4. Que suggère l'éclat de rire du chevalier devant l'inquiétude des deux frères ?
5. « Plutôt mourir que faire demi-tour ! » Quel trait de caractère se confirme ici chez le chevalier de la charrette ?
6. Comment s'exprime la sagesse du roi Bademagu ? Pourquoi n'arrive-t-il pas à convaincre son fils ? Commentez la relation père-fils dans cet épisode.
7. Que décide finalement Méléagant ? Qu'attend alors le public ?

Langue

8. « On aurait dit le fleuve des Enfers » : expliquez cette comparaison. Que cherche à suggérer le conteur ?
9. « Que la souffrance lui est douce ! » (l. 66) : expliquez le sens de cette antithèse, procédé d'expression qui consiste à associer dans une phrase deux termes de sens contradictoire.
10. En vous appuyant sur le vocabulaire, comparez le portrait de Bademagu et celui de son fils. Que met en évidence le conteur ? Quelle qualité reconnaît-il pourtant à Méléagant ?
11. À partir de leurs portraits respectifs, dites quels traits de caractère de ces deux personnages se confirment à travers leur dialogue.

Genre ou thèmes

12. « vous tuer, sucer le sang de vos veines et dévorer votre chair avant de ronger vos os » (l. 35-36) : en quoi consiste ici le réalisme ? Quelle réaction les deux frères cherchent-ils

à éveiller chez le chevalier de la charrette en employant ce langage ?

13. Comment s'exprime dans cet épisode l'héroïsme du chevalier ?
14. Que sont devenus les deux lions ? Le chevalier et ses compagnons ont-ils eu une vision ou les deux fauves ont-ils disparu par enchantement ? Quel rôle joue l'anneau ?
15. « Qui honore autrui s'honore soi-même » (l. 124) : expliquez cette règle fondamentale du code courtois.

Écriture

16. Dans un récit dramatique au présent de narration, racontez la traversée du chevalier sur l'épée tranchante. Vous accompagnerez le héros pas à pas ; vous décrirez ses efforts ; vous insisterez sur sa volonté sans oublier d'évoquer ses souffrances.
17. « J'aurais beaucoup à vous dire sur ces deux valeurs opposées », dit le conteur à propos de Prouesse et de Lâcheté. Parlez à sa place en expliquant, à l'aide d'exemples, ce que vous pensez de ces deux valeurs.

Pour aller plus loin

18. Présentez, sous la forme d'un bref exposé, les principes qui unissent un vassal à son seigneur et présentez, en détail, le cérémonial du lien vassalique.

✻ *À retenir*

Chrétien de Troyes se plaît à souligner le caractère unique et exceptionnel d'un lieu, d'un objet, d'un paysage ou d'une action. Pour éveiller chez le public l'admiration ou la crainte, il emploie des tournures superlatives (ex. : « impossible d'en trouver de plus superbes », « le meilleur de tous ») ou des adverbes comme « jamais » (ex. : « Jamais on n'en avait fait et on n'en fera de semblables ») ou « personne » (« Personne n'aurait jamais osé franchir ce passage »).

Épisode 5
Combat Lancelot-Méléagant sous le regard des prisonniers, du roi et de Guenièvre

BIEN BÂTI, Méléagant avait noble et fière allure. Son haubert[1], fait de mailles fines, ainsi que son heaume et son écu qui pendait à son cou lui allaient à merveille. Pourtant tous les regards étaient tournés vers l'autre, même ceux qui lui souhaitaient une honteuse défaite. Tous affirment que Méléagant n'est pas de taille face à lui. Les voici tous les deux au centre de la place. Le roi s'approche pour tenter de les retenir. Il essaie bien de faire la paix, mais impossible de convaincre son fils. Alors il leur déclare :

« Retenez vos montures au moins jusqu'à ce que je sois monté dans la tour. Ce ne sera pas trop vous demander d'avoir, pour moi, la bonté d'attendre jusque-là. »

Il les quitte alors, terriblement inquiet, pour se diriger tout droit là où il savait trouver la reine. Elle lui avait, en effet, demandé la veille au soir de la placer à un endroit d'où elle pourrait voir parfaitement le combat. Et il lui avait accordé cette faveur. Il va donc la chercher et la prendre par la main, soucieux de l'honorer et de se mettre à son service[2].

Après l'avoir placée à une fenêtre, il s'est installé lui-même à sa droite, accoudé à une autre fenêtre. Ils étaient entourés de part et d'autre d'une foule de chevaliers et de très sages[3] dames, de jeunes filles nées dans le pays ainsi que de nombreuses captives[4],

---

1. **Haubert** : cotte de mailles.
2. **Se mettre à son service** : le code courtois exige que le roi honore la reine en se mettant entièrement à sa disposition, en veillant à son confort et à sa satisfaction.
3. **Sages** : pourvues de toutes les qualités d'intelligence, de mesure, de politesse et d'amabilité.
4. **Ainsi que de nombreuses captives** : avec Guenièvre, la plus glorieuse d'entre toutes, Méléagant détient de nombreux prisonniers et prisonnières enlevés au royaume de Logres où règne le roi Arthur.

plongées dans d'incessantes prières et implorations. Prisonniers et prisonnières, tous et toutes priaient pour leur seigneur. Ils avaient foi en Dieu et en lui pour être secourus et délivrés.

Sans plus attendre, les deux chevaliers font reculer la foule des présents. En poussant leurs écus avec les coudes, ils passent les bras dans les courroies. Ils s'élancent si furieusement qu'ils enfoncent de deux longueurs de bras leur lance à travers les écus. Elles volent en éclats et sont réduites en miettes, comme du petit bois ! Les chevaux lancés à toute allure se percutent, front contre front, poitrail contre poitrail. Le choc des écus et des heaumes est tel que, dans le fracas produit, on aurait cru entendre un énorme coup de tonnerre. Sous ce choc, tout se brise : pièces du poitrail[1], sangles, étriers, rênes et même les arçons[2] des selles, pourtant très solides. Comme leur harnais a cédé, ils se retrouvent par terre, mais ils n'ont pas à rougir ! D'un bond, ils se remettent sur pied et, sans paroles inutiles, reprennent le combat, plus férocement que deux sangliers. Sans prononcer de vaines menaces, ils se portent des coups terribles avec leurs épées d'acier, comme d'implacables ennemis aiguillonnés par la haine. À plusieurs reprises ils entament profondément heaumes et hauberts luisants. Le fer des épées fait jaillir le sang. Ils se battent si férocement et leurs coups sont si pesants et terribles qu'ils s'étourdissent et se blessent affreusement.

En chevaliers de forces égales, ils échangent de nombreuses attaques acharnées, violentes et prolongées. Personne n'aurait pu dire lequel des deux prenait l'avantage. Mais c'était inévitable : les plaies ouvertes dans les mains du chevalier qui avait traversé le pont commencent à l'affaiblir. Les spectateurs sont saisis d'effroi, surtout ceux qui avaient pris parti pour lui. Ils voient bien que ses coups perdent de leur vigueur. Ils craignent que bientôt sa situation n'empire, car il leur semble qu'il a le dessous et Méléagant le dessus. La rumeur s'en répand à la ronde.

Cependant, aux fenêtres de la tour se tenait une jeune fille qui, très sage, se dit en elle-même que ce n'était ni pour elle ni pour

---

1. **Poitrail** : partie de l'équipement du cheval – le harnais – qui couvre la poitrine de l'animal.
2. **Arçons** : pièces de bois cintrées qui forment le corps de la selle.

le menu peuple accouru sur place que le chevalier s'était engagé dans ce combat. Non, il n'avait pu s'y risquer que pour la reine. Aussi pense-t-elle que, s'il savait à quelle fenêtre elle s'était installée pour le regarder, force et audace lui reviendraient. Si elle-même avait su le nom du chevalier, elle l'aurait prié de regarder un peu autour de lui. Elle se rend alors auprès de la reine et lui dit :

« Au nom du ciel, dame, je vous demande le nom de ce chevalier, dans votre intérêt et dans le nôtre, afin de lui venir en aide. Si vous le savez, dites-le moi !

– Demoiselle, fait la reine, dans votre requête je n'entends ni haine ni tromperie, au contraire : Lancelot du Lac, tel est, autant que je sache, le nom de ce chevalier.

– Mon Dieu ! Comme mon cœur est joyeux et réconforté ! »

La jeune fille se précipite en avant et l'appelle, d'une voix si puissante que tous les spectateurs l'entendent :

« Lancelot, retourne-toi et regarde qui est là, les yeux fixés sur toi ! »

Lancelot entend son nom, il se retourne brusquement et découvre, là-haut assise dans les loges de la tour, celle qu'il désirait voir le plus au monde. Dès qu'il l'aperçoit, il s'immobilise et n'en détourne plus ni ses yeux ni son visage. Il se défend donc par-derrière ! Pendant ce temps Méléagant le pourchasse tant qu'il peut, tout heureux de voir son adversaire incapable de lui résister. Les gens du pays se réjouissent ; les étrangers[1], au contraire, ressentent une telle douleur qu'ils ne peuvent plus tenir debout. Un grand nombre d'entre eux se laisse tomber à terre, éperdus de douleur[2], les uns à genoux, les autres allongés sur le sol. Ainsi se mêlent immense joie et vive amertume.

Alors, de nouveau se fait entendre le cri de la jeune fille.

« Hélas, Lancelot, pourquoi ce comportement insensé ? Tu réunissais, jusque-là, toutes les qualités et toute la prouesse. Dieu, je crois, n'a jamais créé de chevalier capable d'égaler ta valeur et ta renommée. Et là, nous te voyons bien embarrassé ! Tourne-toi donc de ce côté pour pouvoir regarder dans la direction de la tour : c'est un spectacle bien doux et bien beau ! »

---

1. **Les étrangers :** les captifs du royaume de Logres en exil au royaume de Gorre.
2. **Éperdus de douleur :** égarés par la violence de la douleur.

Lancelot juge sa conduite honteuse et méprisable. Il se déteste ! Il sait parfaitement qu'il a eu longtemps le dessous dans ce combat et que tout le monde l'a vu. Après avoir fait un bond en arrière, il effectue un demi-tour, obligeant ainsi son adversaire à se placer entre la tour et lui. Méléagant fait tout ce qu'il peut pour repasser de l'autre côté, mais Lancelot se rue sur lui, le frappe avec une telle violence de tout son corps protégé par son écu que, lorsqu'il veut se retourner et malgré tous ses efforts, Lancelot l'en empêche deux ou trois fois ou plus. La force et l'audace s'accroissent en lui soutenues par l'aide sans réserve que prodigue Amour et par la haine sans pareille qu'il ressent envers son adversaire. Le voici rendu féroce et courageux par Amour et Haine mortelle, une haine si formidable[1] qu'on n'en connut jamais de semblable.

Comprenant bien qu'il ne s'agit plus d'un jeu, Méléagant ressent une terrible peur. Il n'avait jamais croisé ni connu un chevalier aussi intrépide et jamais aucun chevalier ne l'avait maltraité et malmené comme le faisait cet adversaire. Méléagant cherche à garder ses distances, il esquive, recule, craignant les coups douloureux, qu'il tente d'éviter. Lancelot n'a pas un mot de menace. De ses coups, il le chasse en direction de la tour où la reine est appuyée à l'une des fenêtres. À plusieurs reprises, il a fait le service qu'elle demandait et s'est comporté en vassal[2]. Il s'approche tellement d'elle qu'il ne peut aller plus loin, car, s'il avait fait un pas de plus, il aurait cessé de la voir. C'est ainsi que, très souvent, Lancelot refoule ou fait avancer son adversaire là où il souhaite le diriger. Mais il fait attention de s'arrêter devant sa dame, la reine, elle qui avait mis en lui cette flamme qui attise son désir de la regarder. Et cette flamme échauffe si vivement son ardeur contre Méléagant qu'il peut le conduire et le chasser partout où il veut. Lancelot le promène contre son gré comme un aveugle ou un boiteux !

Le roi voit bien que son fils est en si mauvaise posture qu'il ne trouve plus aucun moyen de se défendre. Il a le cœur serré de tristesse et de pitié. Il réfléchit à une solution possible, mais, pour

1. **Formidable :** énorme.
2. **Il a fait le service qu'elle demandait et s'est comporté en vassal :** il s'est conduit en serviteur absolu de la reine Guenièvre, remplissant son devoir de vassal envers sa dame.

réussir, il faut d'abord implorer la reine. Il s'adresse donc à elle en ces termes :

« Madame, je vous ai témoigné beaucoup d'affection. Je n'ai cessé de vous servir et de vous honorer depuis que je vous ai tenue en mon pouvoir. J'ai fait avec plaisir tout ce que je pouvais faire en votre faveur, si seulement j'y voyais votre honneur. À vous maintenant de me récompenser ! Mais ce que je vais vous demander, vous ne devriez pas me l'accorder, à moins de le faire par pure amitié. Je vois clairement que mon fils a le dessous dans ce combat. Ce n'est pas parce que je le déplore que je vous adresse cette prière, mais pour que Lancelot ne le tue pas, comme il en a le pouvoir. Vous-même ne devez pas vouloir sa mort. Non pas qu'il ne se soit mal comporté, envers vous et envers Lancelot ! Faites-le pour moi, par pitié ! Demandez-lui, je vous en supplie, de retenir son bras et de ne pas le frapper. Ainsi, si vous le voulez bien, vous pourrez récompenser les services que je vous ai rendus.

– Cher seigneur, puisque vous m'en priez, j'accepte bien volontiers, répondit la reine. Même si je ressentais une haine mortelle envers votre fils, que je n'aime effectivement pas, vous m'avez si bien secouru que, pour vous être agréable, j'accepte de demander à Lancelot de l'épargner. »

Cette réponse ne fut pas prononcée à voix basse. Méléagant et Lancelot l'ont parfaitement entendue. Celui qui aime obéit. S'il aime de tout son cœur, il fait instantanément et de bonne grâce ce qui plaît à son amie. Lancelot pouvait-il agir autrement, lui dont l'amour dépassait celui de Pyrame[1], si tant est que qui que ce soit ait pu dépasser cet amour ? Lancelot a entendu la réponse de la reine. Sitôt que sa bouche a laissé tomber le dernier mot, sitôt qu'elle a dit « j'accepte de lui demander de l'épargner », Lancelot n'aurait touché Méléagant pour rien au monde, il n'aurait bougé d'un pouce, même au prix de sa vie. Il ne le touche pas, ne bouge pas, alors que, fou de colère et de honte, son rival le frappe autant qu'il peut quand il voit qu'il en est réduit à ce qu'on implore pour lui. Voulant le raisonner, le roi est descendu de la tour pour se rendre sur le lieu du combat. Aussitôt arrivé, il interpelle son fils :

---

1. **Pyrame** : allusion aux amours de Pyrame et de Thisbé dans *Les Métamorphoses* d'Ovide.

« Comment ? Tu trouves convenable de le frapper alors qu'il ne te touche pas ? Tu es vraiment trop féroce et trop cruel ! Ta prouesse est, maintenant, bien mal venue ! Pour nous tous, aucun doute : il est plus fort que toi. »

Alors Méléagant, égaré par la honte, réplique :

« Je crois que vous n'y voyez plus ! Vous êtes aveugle ou quoi ? Car il faut l'être pour douter de ma victoire !

– Vas-y, répond le roi, cherche quelqu'un prêt à te croire ! Tous ceux qui sont ici savent très bien si tu dis vrai ou si tu mens. La vérité, nous la connaissons parfaitement. »

Le roi ordonne alors à ses vassaux de tirer son fils en arrière. Sans attendre un instant, ils obéissent et obligent Méléagant à reculer. Inutile de recourir à la force pour que Lancelot se mette à son tour en retrait. Son adversaire aurait pu lui faire beaucoup de mal avant que Lancelot ne réplique. Le roi s'est alors adressé à son fils :

« J'en jure par Dieu, tu dois maintenant faire la paix avec ce chevalier et lui remettre la reine. Il faut renoncer à cette dispute et la régler définitivement.

– Ce que vous venez de dire est inutile ! Ce débat est vraiment creux ! Allez-vous-en, laissez-nous donc nous battre et ne vous mêlez plus jamais de cette affaire ! »

Mais le roi répond qu'il continuera pourtant à s'en mêler « car je sais bien, dit-il, que ce chevalier te tuerait si on vous laissait poursuivre le combat.

– Lui, il me tuerait ! C'est plutôt moi qui le tuerais vite fait et serais vainqueur, si seulement, au lieu de nous en empêcher, vous nous laissiez combattre !

– Sur mon salut, réplique alors le roi, tes propos sont inutiles.

– Et pourquoi ? fait son fils.

– Parce que je ne veux pas que vous continuiez.

– Ni ta folie ni ton orgueil ne pourront me persuader de te laisser te tuer ! Il faut être bien fou comme toi pour désirer la mort. Et tu ne t'en rends même pas compte ! Je n'ignore pas que tu me détestes parce que je souhaite te protéger de cette folie. Jamais, Dieu m'en garde, je n'assisterai à ta mort. Je le souhaite en tout cas, car j'en aurais le cœur brisé ! »

En le raisonnant et en le sermonnant ainsi longtemps, le roi réussit à rétablir la paix entre eux. Selon leur accord, Méléagant rend la reine, mais à une condition : Lancelot devra se battre de nouveau contre lui dans un an, jour pour jour, sans le moindre retard et quel que soit le moment que choisira son rival, cela dès qu'il en sera requis. Lancelot n'y voit rien à redire. Ils font la paix, tous les gens accourent. On prend la décision d'organiser le combat à la cour d'Arthur, maître de la Bretagne et de la Cornouaille. Oui, c'est bien là, décident-ils, qu'il aura lieu à condition que la reine accepte et que Lancelot s'engage à la laisser repartir avec Méléagant sans que personne la retienne, au cas où celui-ci gagnerait le combat. La reine accepte, Lancelot également. C'est dans ces termes que s'est fait leur accord. On les a alors séparés et désarmés.

Les captifs du royaume de Logres manifestent leur joie avec exaltation : le jour de leur délivrance est enfin arrivé, grâce à Lancelot qu'ils félicitent et qu'ils remercient chaleureusement. Mais, dans le camp de Méléagant, c'est la tristesse qui domine...

Lancelot, quant à lui, s'apprête à rencontrer Guenièvre...

Clefs d'analyse

Épisode 5

Combat Lancelot-Méléagant sous le regard des prisonniers, du roi et de Guenièvre

Action et personnages

1. Sur quels traits insiste le portrait de Méléagant au début de cet épisode ? Quelle qualité souligne le conteur ? Pourquoi ?
2. Qui sont les spectateurs du combat ? Quel champion défendent-ils respectivement et pourquoi ?
3. À quel moment le combat évolue-t-il en faveur de Méléagant ? Expliquez le moment de faiblesse du chevalier de la charrette.
4. Montrez l'intelligence de la jeune fille « très sage » : que déduit-elle de la conduite du chevalier de la charrette ? Quelle initiative prend-elle ?
5. Comment la reine a-t-elle reconnu Lancelot dont le visage est caché par son heaume ?
6. Étudiez la réaction de Lancelot quand il apprend que la reine le regarde combattre. Que fait alors Méléagant ?
7. Comment se conduit Méléagant dès que Lancelot reprend le dessus ?
8. Quelle requête Bademagu adresse-t-il à la reine quand il voit que la vie de son fils est menacée ? Pour quelle raison ne s'adresse-t-il pas directement à Lancelot ?
9. Qui est désigné comme le meilleur des deux chevaliers ? Qui prononce ce verdict ? Sur quelles preuves ?
10. Sur quelle décision se termine le combat entre Lancelot et Méléagant ? Qui en prend l'initiative ?
11. Montrez que Chrétien de Troyes cultive le suspense à la fin de cet épisode. Qu'attend le public ? Que craint-il ?

Langue

12. Relevez les termes appartenant au champ lexical du combat : quels indices vous permettent de situer ce duel au Moyen Âge ?
13. Que signifie exactement le terme « amie » à la ligne 148 ?

Genre ou thèmes

14. Comment s'expriment le respect et la passion de Lancelot pour sa dame Guenièvre ?
15. Par quels aspects Lancelot et Méléagant se ressemblent-ils ? Par quels aspects sont-ils absolument différents ? Quel effet produit le contraste de leur personnalité et de leurs actions ?
16. Caractérisez la relation père-fils dans cet épisode.

Écriture

17. « Celui qui aime obéit » : commentez cette règle essentielle du code amoureux courtois. L'obéissance de Lancelot vous paraît-elle louable ou discutable ? Présentez des arguments pour justifier votre position.
18. Dans un paragraphe d'une dizaine de lignes, expliquez la rivalité de Méléagant et de Lancelot.

Pour aller plus loin

19. Trouvez, dans la littérature ou au cinéma, d'autres duels ou combats où la violence est évoquée avec réalisme.

✻ *À retenir*

La courtoisie repose sur les principes essentiels du « service » et de l'« honneur ». Ainsi, le roi Bademagu se fait-il un devoir d'honorer Guenièvre sa prisonnière et de la traiter avec le plus grand respect. En retour, il attend de la reine reconnaissance et générosité. De même, Lancelot obéit aveuglément aux ordres de sa dame, car il est à son service : il répond à ses désirs avec une adoration aveugle.

Épisode 6

Mauvais accueil de Guenièvre puis désespoir de la reine après la mort supposée de Lancelot

LA REINE a vu le souverain qui tenait Lancelot par le doigt[1] et elle s'est levée en direction du roi. Mais elle est visiblement en colère et baisse la tête sans un mot.

« Madame, dit le roi, voici Lancelot qui est venu vous voir. Cette visite doit vous être bien plaisante et bien agréable !

– À moi, sire ? Non, pas du tout. Sa visite, je n'en ai rien à faire !

– Allons, madame, répond le souverain qui était noble et raffiné, d'où vous vient cette réaction ? En vérité, vous commettez une grave erreur envers un homme qui vous a servie et qui, dans cette aventure, a pour vous souvent frôlé la mort et mis sa vie en péril, un homme qui a volé à votre secours contre mon fils, Méléagant, et qui a pris votre défense jusqu'à ce qu'il vous relâche, bien à contrecœur !

– Sire, il a vraiment perdu son temps. Je ne peux nier que je ne lui en suis absolument pas reconnaissante. »

Voilà Lancelot complètement décontenancé. Il lui répond alors très délicatement, à la manière d'un parfait amant :

« Ma dame, il est vrai que j'en suis très affligé, mais je n'oserais vous en demander la raison. »

Si la reine avait daigné lui prêter attention, Lancelot lui aurait volontiers exprimé sa douleur. Mais, pour accroître son supplice et son désarroi[2], elle se refuse à lui répondre un seul mot et préfère se retirer dans une chambre. Lancelot la suit des yeux et du cœur jusqu'à ce qu'elle y entre. Mais la chambre était bien proche et le chemin de la reine parut bien court à ses yeux. Ah, s'ils avaient

1. **Qui tenait Lancelot par le doigt :** geste usuel pour accompagner un hôte que l'on veut honorer.
2. **Désarroi :** trouble.

pu, ils l'auraient bien suivie tous les deux ! Baignés de larmes, les yeux sont restés dehors avec le corps, mais le cœur, en seigneur et maître disposant de plus de pouvoir qu'eux, a franchi le seuil de la chambre derrière la reine. Le roi dit alors discrètement :

« Lancelot, je suis stupéfait ! Pourquoi cette attitude ? Pourquoi la reine refuse-t-elle de vous voir et de vous adresser la parole ? Si elle a l'habitude de le faire, c'est bien le jour de ne pas s'y refuser ni de fuir votre conversation après ce que vous avez fait pour elle ! Dites-moi donc, si vous le savez, pour quel motif, pour quelle faute elle vous a reçu avec cet air-là.

– Sire, il y a encore un instant je ne craignais pas un tel accueil, mais je constate maintenant qu'il lui déplaît de me voir et d'entendre ma voix. J'en suis atterré[1] et affreusement accablé.

– Elle a tort, reprit le roi, sans aucun doute. Pour elle, en effet, vous avez frôlé la mort. Venez donc, très cher ami, vous allez parler au sénéchal[2].

– Je suis impatient d'y aller », répond-il. Ils se rendent tous les deux auprès du sénéchal.

Mais, dès que Lancelot arrive devant lui, le sénéchal l'interpelle.

« Comme tu m'as déshonoré !

– Moi, mais comment ? fait Lancelot, dites moi comment j'ai pu vous déshonorer.

– Tu l'as fait cruellement en réussissant l'exploit que je n'ai pas pu accomplir. Ce que j'ai été incapable de faire, toi, tu l'as réussi. »

Pour les laisser en tête-à-tête, le roi sort de la chambre. Lancelot demande alors au sénéchal s'il a beaucoup souffert :

« Oui, répond-il, et je souffre toujours, plus que jamais ! D'ailleurs, je serais mort depuis longtemps sans le roi qui vient de s'en aller. Pris de pitié à mon égard, il m'a témoigné une délicatesse et une amabilité extrêmes. Je n'ai jamais manqué de rien chaque fois qu'il était informé de mes désirs. Dès qu'il savait que j'avais un besoin, il le faisait immédiatement satisfaire ! Cependant pour chacun de ses bienfaits, son fils Méléagant, plein de malveillance, faisait sournoisement venir des médecins à qui il ordonnait de

---

1. **Atterré :** consterné, profondément attristé.
2. **Sénéchal :** le sénéchal Keu qui, lui aussi, est captif.

mettre sur mes blessures[1] des pommades mortelles. J'avais ainsi en même temps un bon et un mauvais père[2]. Quand le roi faisait poser sur mes plaies une bonne compresse dans l'espoir de hâter ma guérison, son fils, perfidement, la faisait vite enlever et, pour me tuer, me faisait appliquer une crème dangereuse pour ma santé. Mais je suis sûr que le roi ne le savait pas. Il n'aurait jamais toléré une telle atrocité et une telle hypocrisie. Vous ignorez avec quelle noblesse il s'est conduit envers ma dame, la reine. Depuis l'époque de l'arche de Noé[3], jamais la tour d'une frontière n'a été mieux surveillée par un guetteur que ne l'a été ma dame. Il interdit à son fils de la voir, et il en est très mécontent, sauf devant la foule ou bien en sa présence. Ce noble roi – qu'il en soit remercié – l'a traitée et la traite encore avec tous les honneurs qu'elle a su dicter. C'est elle et personne d'autre, en effet, qui a fixé ses conditions. Devant tant de loyauté, l'estime du roi n'a été que plus vive. Au fait, est-il vrai, comme on me l'a dit, qu'elle est si furieuse contre vous qu'elle vous a évité et a refusé de vous adresser la parole devant tout le monde ?

– Ce qu'on vous a dit est la pure vérité, répond Lancelot. Mais, par Dieu, est-ce que vous savez pourquoi elle me déteste tant ? »

Le sénéchal réplique qu'il n'en sait rien, mais qu'il en est vivement étonné.

« Que sa volonté soit faite ! » dit Lancelot, qui ne peut pas faire grand-chose de plus.

Puis il ajoute :

« Je dois partir maintenant à la recherche de monseigneur Gauvain. »

Quand Lancelot part à la recherche de Gauvain, certains des captifs libérés choisissent de l'accompagner tandis que d'autres préfèrent rester auprès de la reine qui a décidé d'attendre.

---

1. **Sur mes blessures** : chargé de défendre la reine contre Méléagant au début du récit, le sénéchal Keu a été vaincu et gravement blessé.
2. **Un bon et un mauvais père** : Bademagu est symboliquement le bon père et Méléagant le mauvais.
3. **L'époque de l'arche de Noé** : allusion aux temps bibliques, au moment de la création du monde.

Partout se répand la nouvelle : la reine et tous les prisonniers avec elle sont libérés. Ils pourront partir en toute légalité, quand il leur plaira et quand bon leur semblera. Chacun tente de savoir si c'est bien vrai et, quand les gens se retrouvent, ils n'ont pas d'autres sujets de conversation. Les gens du pays de Gorre[1], eux, sont très fâchés de la destruction des passages dangereux. Maintenant, on peut aller et venir comme on veut. Rien n'est plus comme avant !

Parmi ces gens de Gorre, certains n'avaient pas assisté au succès de Lancelot. Ils se sont alors dirigés dans la direction vers laquelle ils savaient bien qu'il allait. En capturant et en lui ramenant Lancelot, ils croyaient faire plaisir à leur roi. Complètement désarmés, Lancelot et ses hommes furent bousculés par ceux du pays qui, au contraire, étaient parfaitement équipés. Rien d'extraordinaire s'ils réussirent à s'emparer de Lancelot qui n'avait pas ses armes ! Ainsi prisonnier, il est reconduit chez le roi, les pieds attachés sous son cheval. Ses compagnons protestent :

« Seigneurs, vous vous comportez bien mal ! Le roi nous protège et nous sommes tous sous sa sauvegarde. »

Les autres répondent :

« Nous n'en savons rien et c'est dans l'état où nous vous avons fait prisonniers que vous devrez venir à la cour. »

La rumeur, qui vole et file, parvient vite au roi : ses gens ont capturé Lancelot et l'ont tué ! À l'annonce de cette nouvelle, le roi est anéanti. Il jure sur sa tête, et plus encore, que les auteurs de sa mort mourront à leur tour, et que rien ne pourra les protéger : s'il réussit à les arrêter et à les tenir dans ses mains, il les pendra, les brûlera ou les noiera. Qu'ils ne s'avisent pas de nier leur crime, jamais, à aucun prix, il n'accordera de crédit à leur protestation ! Ils ont empli son cœur d'une peine trop blessante, ils lui ont infligé un affront trop cinglant ! On lui reprocherait vivement de ne pas chercher à se venger. Mais aucun doute, il saura le faire.

La rumeur se répand partout et parvient à la reine qui était assise à table. Quand elle apprend la nouvelle de la mort de Lancelot, elle est à deux doigts de se donner la mort. C'était un mensonge, mais la reine le croit vrai. Elle est si profondément meurtrie qu'elle en

1. **Les gens du pays de Gorre :** et non plus ceux de Logres, ceux dont on parlait jusqu'ici et que Lancelot vient de libérer.

perd presque la voix. Cependant, pour s'adresser à l'assistance, elle déclare bien fort :

« La nouvelle de sa mort, je le dis sincèrement, m'accable de chagrin. Et ce chagrin est bien légitime, car Lancelot est venu en ce pays pour me libérer. J'ai vraiment de bonnes raisons d'être désespérée ! »

Puis, tout bas pour ne pas être entendue, elle se murmure à elle-même que, si celui qui était sa raison de vivre est vraiment mort, il est désormais inutile de la prier de boire et de manger.

Elle se lève de table aussitôt, éperdue de douleur, égarée dans des lamentations que personne ne peut entendre ni écouter. Elle est si décidée à se tuer qu'elle se prend souvent la gorge à deux mains. Mais, avant de mourir, elle tient à se confesser toute seule. Elle s'adresse sévèrement les plus vives accusations et les plus terribles reproches. Quel péché envers celui qui, elle le savait bien, avait toujours vécu pour elle et le ferait encore s'il le pouvait. Elle regrette si durement sa cruauté que sa beauté se flétrit : sa cruauté et sa méchanceté jointes à ses veilles et à ses jeûnes[1] altèrent[2] l'éclat de son visage et le ternissent. Elle ressent le poids de ses fautes, car toutes sans exception lui reviennent en plein cœur et de toutes elle se souvient avec précision. Elle gémit :

« Ah, malheureuse ! Où donc avais-je la tête quand mon ami[3] s'est présenté à moi ? Comment ai-je pu l'accueillir sans exprimer ma joie ? Comment ai-je refusé de l'écouter ? Quelle folie de lui refuser ainsi mon regard et mes paroles ! Folie ? Mais non, Dieu vienne à mon secours, plutôt méchanceté et cruauté ! Je croyais le faire par jeu, mais, lui, il a cru que c'était bien autre chose et ne me l'a pas pardonné. Nulle autre que moi, j'en suis convaincue, ne lui a porté le coup mortel. Je n'ai pas daigné le regarder quand il s'est approché de moi, plein de rires et persuadé que je l'accueillerais joyeusement et le verrais avec plaisir. C'était bien un coup mortel ! Mon refus de lui adresser la parole, je pense, lui a arraché en même temps le cœur et la vie. Ce sont ces deux coups, et aucun autre meurtrier j'en suis sûre, qui l'ont tué. Mon Dieu, pourrais-je jamais

1. **Jeûnes** : privations de nourriture.
2. **Altèrent** : abîment.
3. **Mon ami** : celui à qui j'ai donné mon cœur, celui qui m'aime et me respecte.

racheter ce crime et ce péché ? Non, en vérité, il faudrait d'abord voir se tarir les fleuves et les mers s'assécher. Ah, malheureuse ! Si seulement, une seule fois, j'avais pu le serrer dans mes bras avant sa mort ! Quel soulagement et quelle consolation ! Comment ? Mais complètement nus, l'un contre l'autre, ainsi nous aurions eu plus de plaisir. Maintenant qu'il est mort, je suis bien lâche de ne pas chercher à mourir moi-même. Mais je ne dois pas anéantir ma vie, moi qui survis à sa disparition et qui n'ai d'autre plaisir que les souffrances que j'endure pour lui, les seules satisfactions que je puisse ressentir après sa mort. Ces tourments que je ressens désormais par amour pour lui auraient rendu sa vie délicieuse. Quelle lâcheté de préférer la mort à la souffrance éprouvée pour son ami ! Oui, il me plaît infiniment d'endurer une douleur longue et pénible ! Plutôt la vie dans la souffrance que le repos dans la mort ! »

Sans manger ni boire, la reine passa deux jours dans cet état d'accablement si bien qu'on la crut morte. Il y a toujours quelqu'un pour répandre les nouvelles, et plutôt les mauvaises que les bonnes. Celle de la mort de sa dame et amie arriva à l'oreille de Lancelot. N'en doutez pas, il en fut affreusement accablé ! Chacun peut comprendre la profondeur de sa douleur et de son chagrin.

Dégoûté de la vie, Lancelot entreprend de se supprimer quand il est sauvé par ses compagnons qui, désormais, le tiennent sous une étroite surveillance. Mais son désespoir se transforme en bonheur quand la bonne nouvelle lui arrive : Guenièvre est bien vivante et il va pouvoir la voir !

Clefs d'analyse

Épisode 6

Mauvais accueil de Guenièvre puis désespoir de la reine après la mort supposée de Lancelot

Action et personnages

1. Montrez la cruauté de Guenièvre.
2. Quels arguments le roi avance-t-il pour la faire changer d'attitude ?
3. « j'en suis très affligé, mais je n'oserais vous en demander la raison » : quelle règle applique Lancelot dans cette réponse aux dures paroles de la reine ?
4. Quelles hypothèses le lecteur émet-il pour s'expliquer la froideur de Guenièvre ?
5. Par quelles paroles le roi tente-t-il de consoler Lancelot ?
6. Qu'est devenu le sénéchal depuis qu'il a quitté la cour d'Arthur pour défendre la reine en combat singulier contre Méléagant ?
7. Quels traits de caractère Méléagant et Bademagu confirment-ils respectivement dans leur manière de traiter le sénéchal, prisonnier blessé au royaume de Gorre ?
8. Expliquez le malentendu à l'origine de la capture de Lancelot. Relevez les détails montrant l'indignité de cette arrestation.
9. Comment Guenièvre accueille-t-elle la nouvelle de la mort de Lancelot ? Pourquoi, dans un premier temps, garde-t-elle son sang-froid avant de s'abandonner au désespoir ?
10. Guenièvre est-elle vraiment morte à la fin de cet épisode ? Que croit Lancelot ?

Langue

11. Expliquez : « Lancelot la suit des yeux et du cœur » (l. 23).
12. « il les pendra, les brûlera ou les noiera » : quel effet produit cette énumération de verbes ? Que pensez-vous de la violence inaccoutumée du roi Bademagu ?
13. Quels reproches s'adresse la reine ? Commentez l'emploi des points d'exclamation et d'interrogation.

 Épisode 6 – Mauvais accueil de Guenièvre puis désespoir de la reine après la mort supposée de Lancelot

Genre ou thèmes

14. De quelle manière le roi Bademagu a-t-il protégé la reine sa prisonnière ? Contre quels dangers ?
15. Comment comprenez-vous les paroles de Lancelot : « Que sa volonté soit faite ! » (l. 82) ?
16. « Je croyais le faire par jeu » (l. 151) déclare Guenièvre en évoquant son apparente ingratitude après l'exploit de Lancelot : quelle dimension de l'amour courtois découvrez-vous ici ?
17. Relevez les lignes dans lesquelles Guenièvre évoque Lancelot avec sensualité : quel aspect de la passion s'ajoute au sentiment dans l'amour courtois ?
18. Pourquoi la reine choisit-elle de continuer à vivre plutôt que de mourir ?

Écriture

19. En vous inspirant de cet épisode, racontez la scène où Lancelot apprend la mort de Guenièvre. Comme dans le récit de Chrétien de Troyes, le héros parlera à la 1re personne, exprimant à la fois son désespoir et son amour.

Pour aller plus loin

20. Dans quel roman de Shakespeare trouve-t-on le même quiproquo que dans cet épisode ?

✻ *À retenir*

Le quiproquo est un procédé à forte valeur dramatique. Erreur que l'on croit vraie, il entraîne des conséquences comiques dans la comédie et tragiques dans le drame ou le roman. Dans cet épisode, l'action est fondée sur un double quiproquo : d'abord, la rumeur fait croire à Guenièvre que Lancelot est mort. Ensuite, la reine est si désespérée de cette nouvelle qu'elle perd l'envie de vivre et que son entourage la croit morte.

Épisode 7
Réconciliation et bonheur à deux

[...] Le roi l'emmène alors voir la reine. Cette fois, elle n'a pas baissé les yeux. Au contraire, elle s'est avancée vers lui, joyeuse de le revoir et de lui témoigner toute son estime. Elle le prie de s'asseoir près d'elle et ils ont une longue conversation sur tous les sujets qui leur plaisaient. Ils n'en manquaient pas, Amour leur en fournissait en abondance ! Lancelot voit bien que tout va pour le mieux et que tout ce qu'il dit charme la reine. Alors il lui demande comme en confidence : « Dame, je reste stupéfait au souvenir de l'attitude que vous avez eue à mon égard, avant-hier. Vous ne m'avez pas adressé un seul mot ! Pour un peu vous me donniez la mort. Et je n'ai pas eu le cran, comme maintenant, de vous en demander la raison. Dites-moi, dame, quelle est cette faute qui a été pour la source de tant de tourments. Je suis prêt à la réparer ! » La reine la lui révèle alors : « Comment ? N'avez-vous pas ressenti de la honte devant la charrette ? N'avez-vous pas craint, alors, cette infamie[1] ? C'est à contrecœur que vous y êtes monté. N'avez-vous pas tardé le temps de faire deux pas ? C'est pour cette raison, en vérité, que j'ai refusé de vous parler et de vous regarder.

– Dieu me préserve, une autre fois, d'une telle faute, répond Lancelot. Qu'Il n'ait jamais pitié de moi, si je prétendais que vous avez eu tort de réagir ainsi ! Madame, veuillez accepter, pour l'amour de Dieu, que je vous en fasse réparation[2]. Dites-moi, au nom de Dieu, si vous accepterez de me pardonner un jour !

– Mon ami, je vous pardonne de bon cœur, vous êtes entièrement quitte, répond la reine.

– Dame, réplique Lancelot, soyez-en remerciée. Cependant, je ne peux vous exprimer ici tout ce que je désirerais vous confier. J'aimerais vous parler plus librement, si vous le permettiez. »

La reine alors lui indique une fenêtre du regard, et non du doigt, avant de dire : « Ce soir, quand tous les autres dormiront, venez

1. **Infamie :** honte, déshonneur.
2. **Que je vous en fasse réparation :** que je répare la faute que j'ai commise.

donc me parler à cette fenêtre. Vous arriverez en traversant ce verger, mais vous ne pourrez entrer ni demeurer en ces lieux cette nuit. Je serai dedans et vous dehors, car vous n'arriverez pas à entrer. Moi, je ne pourrai m'unir à vous que par ma voix ou par mes mains. Mais, si vous le désirez, je resterai ici jusqu'à demain par amour pour vous. Nous ne pourrons pas nous retrouver ensemble, car le sénéchal Keu est couché dans ma chambre, devant moi, qui[1] souffre des blessures dont il est couvert. Par ailleurs, loin d'être ouverte, la porte est bien fermée et étroitement surveillée. Veillez bien, quand vous viendrez, à ce que personne ne vous découvre.

– Dame, répondit Lancelot, aucun guetteur qui pourrait penser à mal ou médire[2] de moi ne pourra me voir là où je serai caché. » Leur rendez-vous étant ainsi convenu, ils se séparent très heureux.

Lancelot sort de la chambre, si joyeux qu'il a oublié tous ses tourments. Mais, compte tenu de ce qu'il a éprouvé, la nuit lui paraît bien lente à venir et le jour bien plus long à se coucher que cent jours, qu'une année tout entière ! Ah, si seulement la nuit était tombée ! Il se précipiterait au rendez-vous avec tant de plaisir. Dans sa lutte contre le jour, la nuit ténébreuse et obscure a enfin réussi à le voiler de son rideau et à le recouvrir de sa cape. Lancelot voit le jour s'obscurcir, il fait mine d'être affaibli et épuisé. Il prétend avoir trop veillé et sentir le besoin de se reposer. Il vous est arrivé d'agir de la sorte ! Vous comprenez donc bien que, face à ses gens, il prétexte l'épuisement et le besoin de se coucher. En réalité, son lit ne lui était pas si précieux. Pour rien au monde il n'aurait voulu s'y étendre. Il n'aurait pas pu le faire, il n'aurait même pas osé y penser ni avoir l'audace de désirer ce repos !

En un clin d'œil, le voilà discrètement debout. Ni lune, ni étoile ne brillaient dans le ciel, ni chandelle, ni lampe ni lanterne n'éclairaient la maison. Ce n'est pas pour lui déplaire ! Jetant les yeux autour de lui, il s'en va sans être repéré. Tous croyaient qu'il dormait dans son lit pour la nuit. Mais, sans compagnon ni complice, il se hâte vers le verger où il arrive sans faire aucune rencontre. La chance lui sourit : un pan du mur entourant le verger s'étant récemment écroulé, il peut se glisser rapidement par cette brèche

1. **Qui** : le sénéchal Keu.
2. **Médire** : dire du mal.

et parvenir jusqu'à la fenêtre. Il se poste là et, j'en suis sûr, il fait tout pour ne pas tousser ni éternuer.

Enfin, la reine arrive dans la blancheur lumineuse d'une chemise. Sans robe ni tunique, elle est simplement vêtue d'un petit manteau en soie d'écarlate[1] et peau de marmotte. Lancelot l'aperçoit qui incline sa tête à la fenêtre pourvue de solides barreaux. Il lui envoie en retour un salut plein d'affection. Elle s'empresse de le lui rendre. Un même désir les attire l'un vers l'autre, lui vers elle, elle vers lui. Rien de déplaisant ni d'ennuyeux dans leurs propos ! Ils s'approchent l'un de l'autre et se tiennent tous deux par la main. Ils sont au supplice de ne pouvoir être ensemble et maudissent les barreaux de fer. Toutefois Lancelot se fait fort, si la reine l'accepte, d'entrer dans la chambre pour l'y retrouver. Ces fers ne l'arrêteront pas ! La reine lui dit : « Mais vous ne voyez donc pas qu'ils sont trop solides pour être pliés ou brisés ? Vous aurez beau les agripper et les tirer vers vous, vous ne pourrez pas arracher ces barreaux !

– N'ayez aucune crainte, dame, fait-il. Je crois que ce fer ne vaut rien. Il n'y a que vous qui puissiez m'empêcher de vous rejoindre. Donnez-moi votre accord et la voie est libre ; dites que cela vous déplaît et ce sera un tel obstacle que rien ne m'y fera passer.

– Ah ! répond-elle, je le souhaite vivement, c'est certain ! Ce n'est pas moi qui vous retiendrai de le faire ! Il faut attendre, cependant, que j'aille me recoucher pour que vous n'ayez pas de difficultés à cause du bruit. Il pourrait réveiller le sénéchal qui dort dans ma chambre et il n'y aurait plus, alors, ni joie ni plaisir. Il convient donc que je m'en aille : s'il me voyait debout, il pourrait très mal l'interpréter !

– Alors partez vite, fait Lancelot, et ne craignez rien, je ne ferai pas de bruit ! Je vais détacher les barreaux très délicatement. Je ne me donnerai pas beaucoup de peine et ne réveillerai personne. »

La reine fait alors demi-tour tandis qu'il se prépare à venir à bout de la fenêtre. Le voilà qui empoigne les barreaux, les secoue et les tire jusqu'à ce qu'il les descelle tous de leur socle. Cependant, leur fer était si effilé qu'il se coupe la première phalange du petit doigt jusqu'aux nerfs et tranche la première jointure du doigt voisin. Mais il pense à bien autre chose et ne se soucie ni du sang qui coule de

1. **Écarlate** : étoffe précieuse et délicate en laine fine ou en soie, plutôt bleue à l'origine et ornée de sceaux (XIIe siècle).

ses doigts ni de ses blessures. En un clin d'œil, Lancelot passe par la fenêtre qui était pourtant assez haute. Il aperçoit d'abord Keu plongé dans son sommeil puis s'avance jusqu'au lit de la reine. Il s'incline devant elle comme s'il était en adoration. Il met toute sa foi dans ce corps saint ! La reine lui tend les bras, l'enlace et l'étreint contre son cœur. Elle l'attire à elle dans son lit et lui témoigne les meilleurs sentiments possibles. C'est Amour et son cœur qui l'inspirent, c'est Amour qui l'incite à se réjouir avec lui. Certes elle l'aime profondément, mais, lui, il l'aime cent mille fois plus ! Si Amour, en effet, a abandonné tous les autres cœurs, il y en a un qu'il n'a pas oublié, c'est celui de Lancelot. Amour a repris une vigueur absolue dans son cœur si bien qu'il est misérable dans tous les autres.

Lancelot obtient alors tout ce dont il a rêvé puisque la reine accueille volontiers sa présence et son plaisir quand il l'enlace dans ses bras et elle dans les siens. Ce jeu d'amour est si doux et si délicieux, jeu de baisers et d'étreintes, que, sans mentir, ils ressentent un plaisir prodigieux. Jamais on n'a entendu parler d'une telle merveille, jamais on n'en a connu de semblable. Mais je n'en dirai pas un mot de plus, le récit ne doit pas en parler. Ce plaisir qui fut le plus parfait et le plus exquis, c'est précisément celui que le récit passera sous silence. Que de jouissance et de voluptés connut Lancelot pendant cette nuit ! Aussi est-il désespéré de voir le jour se lever. La douleur de la séparation en fait un vrai martyr. Sans cesse son cœur se tourne vers la reine et il est totalement incapable de l'en empêcher. Il se plaît tant avec elle qu'il n'a aucune envie de la quitter ! Le corps s'en va, le cœur demeure. Lancelot retourne directement vers la fenêtre, mais il laisse beaucoup de traces derrière lui : les draps sont tachés et comme teintés par le sang qui a coulé de ses doigts.

À la vue du sang sur les draps, Méléagant, qui surveille toujours de près la reine, soupçonne le sénéchal Keu qui nie farouchement et demande à Bademagu de prouver son innocence par un combat singulier avec son accusateur. Mais la reine fait appeler Lancelot qui sera son champion. Le combat est sans merci jusqu'à l'intervention de Bademagu qui suspend les hostilités en rappelant à son fils qu'un duel avec son ennemi mortel est prévu, de toute façon, dans un an, à la cour d'Arthur... Lancelot se met alors en quête de Gauvain.

Clefs d'analyse

Épisode 7

Réconciliation et bonheur à deux

Action et personnages

1. Quelle « faute » a commise Lancelot selon Guenièvre ? Montrez que sa conception de l'amour courtois est très rigide et qu'il n'admet aucune erreur.
2. Pourquoi accorde-t-elle cependant son pardon ? Quels sentiments éprouve alors Lancelot ?
3. Où et quand aura lieu le rendez-vous amoureux ? Pourquoi Guenièvre ne recevra-t-elle pas Lancelot dans sa chambre ?
4. Quelles précautions devra prendre Lancelot ? Pourquoi est-il indispensable que le rendez-vous amoureux reste secret ?
5. Expliquez la feinte de Lancelot qui fait mine d'être fatigué et d'aller se coucher.
6. La blessure de Lancelot est mentionnée à nouveau à la fin de cet épisode. Quelles peuvent en être les conséquences dramatiques ? Appréciez l'art du suspense chez l'auteur.

Langue

7. « Dans sa lutte [...] de sa cape » (l. 49-50) : à quels procédés d'expression tient la poésie de cette phrase ?
8. « Il s'incline devant elle comme s'il était en **adoration**. Il met toute sa **foi** dans ce corps **saint** » : à quel champ lexical appartiennent les mots en gras ? Quel aspect de l'amour courtois ces termes révèlent-ils ?
9. Relevez quelques mots évoquant le bonheur amoureux des deux amants : comment ces termes enrichissent-ils notre connaissance de l'amour courtois ?

Genre ou thèmes

10. Expliquez l'impatience de Lancelot : qu'attend-il du rendez-vous amoureux, sachant qu'il ne pourra pénétrer dans la chambre de sa bien-aimée ?

11. Étudiez l'intervention du conteur dans les lignes 52 à 57 : à qui s'adresse-t-il dans un premier temps ? Quelle réaction cherche-t-il à provoquer ? Quelles explications donne-t-il dans un second temps ? Pourquoi cette insistance ?
12. Par quels détails dans la description le conteur magnifie-t-il l'arrivée de Guenièvre au rendez-vous amoureux comme s'il s'agissait d'une apparition surnaturelle ?
13. Comment s'exprime, encore une fois, la domination de la reine et l'obéissance absolue de Lancelot devant l'obstacle des barreaux ?
14. « le récit ne doit pas en parler [...]. le récit passera sous silence » (l.119-121) : expliquez la discrétion du conteur.

Écriture

15. Continuez le portrait de la reine amorcé dans les lignes 68-70. Le regard porté sur la souveraine sera celui de Lancelot qui, derrière les barreaux de la fenêtre, la voit arriver.

Pour aller plus loin

16. Retrouvez, dans le roman *Tristan et Yseut*, une scène où la blessure du héros marque son passage auprès de sa bien-aimée. Comparez cette scène avec celle étudiée ici.

* À retenir

Le roman du Moyen Âge plonge le lecteur dans un monde très différent du sien : il lui faut alors apprécier la signification de certaines situations qui lui paraissent, à première vue, incompréhensibles. Par exemple, Lancelot arrive dans le verger quand il fait nuit noire : à l'époque, l'électricité ne vient pas éclairer l'obscurité ! Et, le sénéchal Keu devant garantir la sécurité de la reine contre Méléagant, il dort dans sa chambre.

Épisode 8

Lancelot emmené par le nain ; recherche du prisonnier et délivrance

ILS PARCOURENT de longues étapes jusqu'au Pont sous l'Eau. Une lieue les en séparait encore et ils ne pouvaient toujours pas voir le pont quand un nain s'est avancé vers eux sur un grand cheval de chasse. Il le faisait avancer et le menaçait d'un fouet à lanières qu'il tenait à la main. Comme on le lui avait ordonné, il leur demande aussitôt : « Qui d'entre vous est Lancelot ? Ne me le cachez pas, je suis des vôtres. Vous pouvez me le dire en toute assurance, car je vous interroge dans votre intérêt. » Lancelot lui répond lui-même :

« C'est moi, je suis celui que tu cherches !

– Ah, Lancelot, noble chevalier ! Tu peux laisser tes hommes et me suivre tout seul. Tu peux me croire, j'aimerais te conduire dans un endroit magnifique. Et surtout que personne ne te suive, à aucun prix. Dis à tes compagnons de t'attendre ici, nous serons de retour dans un instant. »

Sans aucune méfiance, Lancelot demande à sa troupe d'attendre là et part à la suite du nain, qui, pourtant, est en train de le tromper. Les siens[1] peuvent l'attendre longtemps, car ses ravisseurs n'ont aucune envie de le rendre. Ses gens sont au désespoir de ne pas le voir revenir. Que faire ? Tous en chœur, ils se plaignent que le nain les ait dupés. Ce serait absurde de demander s'ils en furent chagrinés !

Abattus, ils partent à la recherche de Lancelot, mais sans savoir où le chercher ni de quel côté le trouver. Ils se réunissent pour en discuter et l'accord se fait parmi les plus raisonnables d'entre eux, à mon sens, pour se rendre au Pont sous l'Eau, qui est à proximité. Ensuite, ils iront chercher Lancelot en suivant les conseils de monseigneur Gauvain, s'ils le trouvent dans les parages. Tous acceptent

1. **Les siens :** ses compagnons, c'est-à-dire les captifs délivrés du royaume de Gorre.

cette proposition sans chercher de complications. Ils se dirigent donc vers le Pont sous l'Eau.

À peine arrivés, ils aperçoivent monseigneur Gauvain qui avait trébuché du pont et était tombé dans le courant, profond à cet endroit. Tantôt il remonte à la surface, tantôt il replonge dessous ; tantôt ils le voient, tantôt ils le perdent de vue ! Ils s'approchent et l'agrippent à l'aide de branchages, de perches et de gaffes[1]. Il ne lui restait plus que son haubert, mais il portait encore sur la tête son heaume, qui en valait bien dix à lui seul. Ses chausses de fer, toujours autour des jambes, étaient rouillées de sueur. Il avait subi et traversé en vainqueur tant d'épreuves, de périls et de combats ! Sa lance, son écu et son cheval étaient restés sur l'autre rive. Ils le tirent de l'eau, mais il en a tant avalé qu'ils ne pensent pas qu'il vive encore. Pas un mot n'est sorti de sa bouche avant qu'il ait tout rendu.

Quand il retrouve sa voix et que la respiration passe de nouveau dans ses poumons, on peut enfin l'entendre parler. Et, aussitôt qu'il peut s'exprimer, il prend la parole pour demander à ceux qu'il voit devant lui s'ils avaient des nouvelles de la reine. « Elle ne quitte jamais le roi Bademagu qui est très soucieux de la servir avec le plus grand respect », lui répondent-ils. « Quelqu'un est-il venu la chercher dans ce pays ? demande Gauvain.

– Oui, répondent-ils.

– Qui ?

– Lancelot du Lac. Il a franchi le Pont de l'Épée et a réussi à délivrer la reine, et nous tous avec elle. Mais un sale nabot[2] nous a bernés[3], un nain bossu et grimaçant, qui nous a honteusement trompés en enlevant Lancelot. Et nous ignorons ce qu'il en a fait !

– C'était quand ? réagit monseigneur Gauvain.

– Aujourd'hui même, monseigneur. Le nain nous l'a enlevé tout près d'ici alors que, en sa compagnie, nous venions à votre rencontre.

– Mais comment donc Lancelot s'était-il comporté depuis son entrée dans le pays ? »

---

1. **Gaffes :** perche munie de un ou deux crocs et d'une pointe.
2. **Nabot :** nain.
3. **Bernés :** trompés.

Ils lui racontent tout, de bout en bout, sans oublier le moindre détail. Ils ajoutent que la reine l'attend et qu'elle déclare ne jamais quitter ce pays avant de voir Lancelot, même au cas où on lui donnerait de ses nouvelles. Monseigneur Gauvain leur répond : « Après avoir quitté ce pont, nous irons chercher Lancelot. » Tous les autres sont plutôt d'avis d'aller auprès de la reine, car c'est au roi[1] de lancer sa recherche. Selon eux, en effet, Lancelot a été traîtreusement jeté en prison par Méléagant, le fils du roi, celui qui déteste tant Lancelot. Quand le roi saura où il est caché, il exigera que son fils le libère. D'ici là, rien d'autre à faire qu'à attendre.

Ils sont tous d'accord et se mettent en route. Ils approchent bientôt de la cour où se trouvent le roi et la reine, ainsi que le sénéchal Keu. Mais s'y trouve également le traître, personnage gonflé de fourberie qui, en capturant Lancelot, a bouleversé tous ceux qui arrivent à la cour. Se considérant comme trahis, ils sont comme blessés à mort et se lamentent de douleur. En apprenant cette disparition, la reine ne reçoit pas une nouvelle très plaisante ! Elle réussit, cependant, à garder une attitude parfaitement agréable. Elle doit, en effet, recevoir joyeusement monseigneur Gauvain, et c'est ce qu'elle fait.

Bien qu'elle tienne à cacher son deuil, il perce malgré tout. Elle passe par la joie et la souffrance. Quand elle pense à Lancelot, son cœur se dessèche ; quand elle est devant monseigneur Gauvain, il paraît fou de joie. Tous ceux qui apprennent la disparition de Lancelot sont plongés dans la peine et le désespoir. L'arrivée de Gauvain aurait réjoui le roi et il aurait beaucoup apprécié de faire sa connaissance, mais il est affreusement triste et abattu de savoir Lancelot trahi. La reine le conjure alors de le faire chercher à l'instant par monts et par vaux à travers son royaume. Monseigneur Gauvain et Keu et tous les autres, sans exception aucune, le pressent également. « Laissez-moi prendre en charge cette affaire, dit le roi, et n'en parlez plus. J'y suis prêt depuis longtemps. Je saurai mener cette enquête. Inutile de m'en prier ou de m'en conjurer ! » Tous le saluent avec respect.

Le souverain dépêche immédiatement ses messagers aux quatre coins de son royaume, des serviteurs réputés et experts en la

---

1. **Au roi** : c'est-à-dire à Bademagu.

matière. Ils cherchent des informations sur Lancelot dans tout le pays. Partout ! Mais ils n'obtiennent aucun renseignement sûr ni aucune véritable information. Ils reviennent bredouilles à la cour où attendent les autres chevaliers, Gauvain et Keu et tous les autres. Tous déclarent qu'ils sont prêts à se lancer à sa recherche, lance levée et en armes. Ils ne demanderont à personne d'autre d'y aller. Jamais !

Un jeune homme arrive à la cour de Bademagu avec une fausse lettre dans laquelle Lancelot dit se trouver à la cour d'Arthur et demande à la reine de s'y rendre. Dès leur arrivée, Guenièvre, Keu et Gauvain sont accueillis avec allégresse, mais Gauvain déclare officiellement ne pas mériter les compliments qu'on lui adresse : ce n'est pas lui mais Lancelot qui a délivré la reine.

Pendant ce temps, Méléagant fait enfermer Lancelot dans une tour sans aucune ouverture si ce n'est une minuscule fenêtre. Mais la sœur de l'orgueilleux chevalier s'est mis en tête de retrouver le héros dont tout le monde vante l'excellence...

Un jour que la demoiselle chevauchait à travers un champ, triste et pensive, elle découvrit au loin, sur le rivage près d'un bras de mer, une tour solitaire. Ni maison ni cabane ni abri à une lieue à la ronde. C'était Méléagant qui l'avait fait construire et qui y avait emprisonné Lancelot. Mais la demoiselle n'en savait rien. Dès qu'elle aperçoit la tour, elle y fixe le regard et ne peut l'en détacher. Son cœur l'assure que c'est l'endroit qu'elle a tant cherché et qu'elle a donc atteint son but. Après l'avoir si longtemps mise à l'épreuve, Fortune[1] l'a conduite au bon endroit.

La jeune fille s'approche de la tour et finit par en être à une portée de main. Elle la contourne en prêtant attentivement l'oreille dans l'espoir d'entendre ce qui la réjouirait tant. Ayant regardé la tour de haut en bas, elle constate qu'elle est haute et massive. Elle est très étonnée, cependant, de n'y voir ni porte ni fenêtre, à part une toute petite ouverture, très étroite. Cette tour élevée et élancée n'avait ni escalier ni échelle ! La jeune fille est persuadée que

1. **Fortune :** destin, puissance supérieure qui distribue la chance et la malchance, le bonheur et le malheur.

c'est fait à dessein[1] et que Lancelot est enfermé à l'intérieur. Avant de se mettre quoi que ce soit sous la dent, elle en aura le cœur net ! Elle avait envie de crier son nom, de hurler « Lancelot ! », mais elle se retient en entendant dans le silence une voix, extraordinaire et persistante, venant de la tour.

Cette voix n'implorait rien d'autre que la mort. Oui, elle désire la mort, elle appelle la mort et gémit pitoyablement. Il se méprisait lui-même, il méprisait sa vie celui qui murmurait faiblement et d'une voix usée :

« Ah ! Fortune ! Ta roue[2] a tourné bien cruellement pour moi ! Pour mon plus grand malheur, tu as fait un tour à l'envers : j'étais au sommet et tu m'as précipité tout en bas ! Tout allait bien, tout va mal ! Tu pleures sur moi, tu me souriais ! Hélas, malheureux, mais pourquoi avais-tu besoin de lui faire confiance alors qu'elle t'a abandonné si vite ? En un clin d'œil, elle m'a précipité du plus haut au plus bas. En te jouant de moi, Fortune, tu as bien mal agi. Mais que t'importe ? Quoi qu'il arrive, tu es indifférente à tout. Ah ! Sainte Croix ! Ah ! Saint Esprit ! Je suis perdu, je suis anéanti, je suis au terme de ma destinée ! Ah ! Gauvain, vous qui êtes si courageux, dont la vaillance est sans égale, comment ne pas m'étonner que vous ne voliez à mon secours ! Vous tardez trop, ce n'est guère courtois[3] ! Il méritait bien votre aide, celui que vous aimiez tant. Si j'avais su que vous étiez enfermé en prison, c'est une évidence, je vous aurais cherché des deux côtés de la mer dans les lieux les plus écartés et les plus secrets, pendant sept années au moins ou dix même, jusqu'au moment où je vous aurais libéré. Mais pourquoi me lancer dans cette dispute ? Je ne compte pas assez à vos yeux pour que vous preniez tant de peine pour moi. Comme le vilain[4] le dit à juste titre, il est bien difficile de trouver un véritable ami. C'est dans les épreuves que se révèle l'amitié, on

1. **À dessein** : volontairement, exprès.
2. **Ta roue** : la roue de fortune représente le destin. L'homme qui se trouve en position haute ne peut que redescendre, tandis que celui qui se trouve en position basse ne peut que remonter car la roue tourne.
3. **Courtois** : conforme au code de la cour et de la noblesse.
4. **Le vilain** : le paysan, homme de basse condition dont la pensée est réaliste et terre à terre.

peut le voir aisément. Hélas, voilà plus d'un an que l'on m'a mis en prison dans cette tour ! Vous n'avez que mépris pour moi, c'est certain, vous qui m'y avez abandonné. Mais peut-être n'en savez-vous rien, peut-être mes reproches sont-ils immérités ? En croyant à tort à votre mépris, c'est vrai, je suis bien injuste et méchant envers vous. Je suis sûr, en effet, que si vous aviez su la vérité, rien sous la voûte du ciel n'aurait pu vous empêcher, vous et vos hommes, de me délivrer de ce malheur et de ce sort contraire. D'ailleurs, vous vous en seriez fait un devoir, comme ami et compagnon. Je ne le redirai pas en d'autres mots, tout discours est désormais inutile. Cette libération est impossible ! Maudit soit-il par Dieu et saint Sylvestre, celui qui me traite si honteusement et que le Seigneur l'anéantisse ! C'est Méléagant, le pire des humains, lui qui, attisé[1] par l'envie, m'a fait subir tout le mal qu'il a pu ! »

Alors celui qui épuise sa vie dans la douleur cesse de se plaindre et se tait. Mais celle qui se trouve en bas de la tour a tout entendu. Elle ne perd pas un instant et, persuadée d'être sur la bonne voie, elle lance avec les mots qui conviennent en la circonstance :

« Lancelot ! » crie-t-elle de toutes ses forces, et même plus !

« Mon ami, vous qui êtes là-haut, parlez-moi, je suis l'une de vos amies ! »

Mais comme Lancelot, de l'intérieur, n'entend rien, la voilà qui redouble de hurlements ! Malgré sa faiblesse, il commence un peu à l'entendre. Il s'en étonne vivement : qui peut l'interpeller ainsi ? Il perçoit la voix, il entend bien que quelqu'un l'appelle, mais, ignorant de qui il s'agit, il croit être l'objet d'une illusion. Il regarde attentivement autour de lui pour voir s'il y a quelqu'un. Mais rien, à part lui et la tour.

« Mon Dieu, mais qu'est-ce que j'entends là ? Je ne vois personne et j'entends quelqu'un ! Ma foi, c'est plus que prodigieux. Je ne dors pourtant pas, je suis parfaitement réveillé ! Si j'avais été plongé dans un rêve, j'aurais pu croire à une vision. Mais pas du tout, je suis bien conscient et c'est ce qui m'inquiète. »

Il se lève alors avec difficulté et, très faible, se dirige à petits pas vers l'étroite ouverture. Quand il y est arrivé, il prend appui pour voir plus haut et plus bas, d'un côté et de l'autre. Il jette son regard

1. **Attisé :** animé, excité.

à l'extérieur comme il peut et aperçoit celle qui l'avait appelé en hurlant, mais il la voit sans l'identifier. Elle, cependant, l'a reconnu immédiatement :

« Lancelot ! Je suis venue vous chercher et j'arrive de loin. Dieu merci, j'ai réussi à vous retrouver ! Je suis la jeune fille qui vous a réclamé un don au Pont de l'Épée. Et ce don vous me l'aviez bien volontiers accordé : c'était la tête du chevalier que vous aviez vaincu. Je vous ai demandé de lui couper la tête parce que je ne l'aimais pas. En remerciement de ce don et pour le service rendu, j'ai risqué cette pénible recherche et je vous sortirai d'ici[1].

– Grand merci, jeune fille ! répond alors le prisonnier. Vous me rendrez largement la faveur que je vous ai faite si je suis tiré hors d'ici. Je vous fais la promesse la plus sincère, au nom de l'apôtre saint Paul que, si vous arrivez à me sortir de cette tour, je vous resterai acquis à tout jamais[2]. Je promets par ailleurs, face à Dieu, qu'il ne se passera pas de jour sans que je fasse tout ce qu'il vous plaira de m'ordonner. Pour peu que je l'aie, vous obtiendrez instantanément tout ce que vous pourrez me demander.

– Ne vous tourmentez pas, mon ami, vous serez tiré de là et vous recouvrerez votre liberté aujourd'hui même. Pour mille livres[3], je ne renoncerai pas à vous libérer avant demain. Je vous trouverai alors un séjour[4] agréable où vous pourrez vous reposer confortablement. Vous aurez tout ce que vous voudrez, n'ayez aucune crainte. Mais je dois d'abord trouver, n'importe où, un outil qui permettrait d'élargir cette ouverture jusqu'à ce que vous puissiez sortir.

– Dieu vous aide à le trouver ! répond Lancelot, tout à fait d'accord avec elle. J'ai ici de la corde en quantité. Les gardiens me l'ont donnée pour monter ma nourriture, du pain d'orge et de l'eau trouble qui me soulève le cœur. »

---

1. **Je vous sortirai d'ici :** la demoiselle s'est en effet engagée à récompenser Lancelot à la première occasion, pour le service qu'il lui a rendu (vers 2936-2937 du récit en ancien français).
2. **Je vous resterai acquis à tout jamais :** la reconnaissance est un des traits essentiels de la courtoisie. Lancelot estime que, si la demoiselle le délivre, sa dette sera éternelle envers elle.
3. **Pour mille livres :** somme considérable pour l'époque.
4. **Séjour :** endroit.

Après avoir cherché de tous côtés, la fille de Bademagu trouve finalement un pieu solide, massif et effilé qu'elle remet aussitôt à Lancelot. Il cogne et pilonne avec tant d'ardeur que, au prix d'efforts épuisants, il sort enfin au large. Quel soulagement et quelle joie immenses, sachez-le, quand il se libère de sa prison et échappe à cet endroit où il était enfermé en cage. Le voici qui se déplace dehors et prend son essor ! Soyez-en sûrs, même si on avait mis en un seul tas tout l'or du monde pour le lui donner et le payer, il n'aurait pas fait marche arrière.

Voici donc Lancelot sorti de prison. Mais il est si faible, si épuisé et brisé qu'il chancelle. Avec une infinie douceur pour ne pas le blesser, la jeune fille l'installe devant elle sur sa mule. Ils quittent ensuite l'endroit à vive allure. Mais elle prend volontairement des chemins détournés pour que personne ne les repère. Ils chevauchent donc en cachette, car, si elle s'était déplacée à découvert, elle aurait pu être reconnue par quelqu'un qui aurait eu vite fait de leur causer des ennuis, et c'est ce qu'elle voulait éviter à tout prix ! Elle fuit donc les lieux les plus dangereux.

Ils atteignent finalement une demeure où elle aimait séjourner et se réfugier pour la beauté et le charme du lieu. La demeure et les gens qui y vivaient étaient entièrement à ses ordres. On trouvait de tout à volonté dans cet endroit reposant et très discret. Voilà Lancelot arrivé ! Il est déshabillé à l'instant et la jeune fille le fait délicatement s'étendre dans un lit haut et magnifique. Puis elle lui donne un bain et lui prodigue tant de soins que je serais incapable d'en décrire la moitié.

Avec la permission de sa libératrice qu'il promet de servir éternellement pour la remercier de l'avoir non seulement libéré mais aussi soigné, Lancelot regagne la cour du roi Arthur, avec un seul désir : se venger de Méléagant. Mais le traître l'a devancé : en l'absence de Lancelot, il demande à rencontrer, en combat singulier, Gauvain.

Clefs d'analyse Épisode 8

Lancelot emmené par le nain ; recherche du prisonnier et délivrance

Action et personnages

1. Qu'est-il arrivé à Gauvain depuis qu'il a entrepris de pénétrer dans le royaume de Gorre en empruntant le Pont sous l'Eau ?
2. Comment se déroulent les secours ? Dans quel état se trouve Gauvain ? Qu'apprend-il une fois rescapé ?
3. Expliquez les émotions contradictoires de la reine quand Gauvain apparaît à la cour de Méléagant.
4. Comment réagissent les gens de Gorre et de Logres quand ils apprennent la disparition de Lancelot ? Et le roi Bademagu ? Citez les termes les plus révélateurs.
5. À quoi aboutissent les recherches lancées par le roi ? Qui va s'engager maintenant dans la quête de Lancelot ?
6. Analysez les plaintes et les doutes de Lancelot. Ses reproches vous paraissent-ils justes ? Expliquez votre sentiment personnel.
7. Depuis combien de temps Lancelot est-il prisonnier dans la tour quand la sœur de Méléagant le retrouve ? Dans quelles conditions a-t-il vécu sa détention ?
8. Pourquoi cette jeune fille recherche-t-elle le héros ? Quelle importance accorde-t-elle à la parole donnée ?
9. Dans quel état se trouve le prisonnier à sa libération ? Comment la jeune fille prend-elle soin de lui ? De quelles qualités ce personnage féminin fait-il preuve ?

Langue

10. « un sale nabot nous a bernés, un nain bossu et grimaçant, qui nous a honteusement trompés » : que symbolise ce personnage ?

Genre ou thèmes

11. « Ils se réunissent pour en discuter [...] Tous les autres sont plutôt d'avis [...] Selon eux [...] Ils sont tous d'accord » (l. 23-72) :

comment se prennent les décisions ? Quelle leçon la société du Moyen Âge donne-t-elle ici ?

12. Expliquez ce qu'est la « roue de fortune » : comment a-t-elle traité Lancelot ?

Écriture

13. « il est bien difficile de trouver un véritable ami. C'est dans les épreuves que se révèle l'amitié » : développez ce point de vue sur l'amitié en donnant des exemples empruntés à votre expérience personnelle, à des livres ou à des films qui traitent de ce thème.
14. Lancelot revoit la lumière du jour ! Racontez ce moment si précieux de sa libération et sa découverte du monde qui l'entoure, notamment de la nature.

Pour aller plus loin

15. Dans quels contes le personnage du nain apparaît-il ? Son rôle est-il toujours maléfique ? Aidez-vous d'Internet avec les mots-clés : « nain, conte de fées ».

✻ *À retenir*

Le dialogue au style direct est fréquent dans *Lancelot* : il permet de donner la parole aux personnages d'une façon très authentique, en traduisant la vivacité de leur pensée ainsi que l'intensité de leurs sentiments et de leurs émotions. Dans cet épisode, les paroles échangées entre la sœur de Méléagant et le prisonnier donnent à la scène une exceptionnelle densité dramatique, car ces deux voix humaines qui se parlent symbolisent le retour à la vie de Lancelot.

Épisode 9
Arrivée de Lancelot à la cour d'Arthur et combat singulier avec Méléagant

GAUVAIN était l'homme le mieux élevé de toute la chrétienté. Il voulait déjà saisir son écu quand il vit Lancelot descendre de cheval devant lui. Il ne s'y attendait pas et le regarda stupéfait. Quelle arrivée inattendue ! Sans mentir, Gauvain était aussi ahuri que si Lancelot était tombé du ciel ! Mais quand il prit conscience que c'était bien lui, absolument rien n'aurait pu l'empêcher de mettre pied à terre. Il se précipita vers lui, les bras ouverts, le prit par le cou, le salua et l'embrassa. Quelle joie, quel bonheur de retrouver son compagnon ! C'est la pure vérité, vous pouvez me croire : à cet instant précis, Gauvain aurait refusé d'être élu roi s'il avait dû être séparé de lui.

Déjà le roi et son entourage apprennent que Lancelot qui a été si longtemps attendu est revenu sain et sauf, n'en déplaise à certains. Ils en sont tous fous de joie. La cour se rassemble pour fêter son arrivée, elle a tant patienté pour le voir ! Quel que soit son âge, jeune ou vieux, chacun exprime son immense bonheur qui chasse et disperse la souffrance ; la douleur se dissipe, remplacée par cette allégresse qui les porte tous.

« Et la reine ne participe-t-elle pas à cette explosion de joie ?

– Mais si, elle est même au tout premier rang !

– Comment cela, où est-elle donc mon Dieu ?

– Jamais avant son retour elle n'avait ressenti une telle joie et vous croyez qu'elle ne se serait pas précipitée vers lui ? Mais si ! Elle s'est approchée de lui et elle est si près que le corps n'est pas loin de suivre le cœur.

– Mais où est-il son cœur ?

– Il se réjouit avec Lancelot et le couvre de baisers.

– Et le corps, pourquoi le corps se cache-t-il ? Est-il comblé de joie ou ressent-il encore de la colère et de la haine ?

– Mais non, pas du tout ! »

Cependant toute cette foule, le roi et tous les autres, avec leurs yeux grands ouverts sur eux, pourraient bien comprendre l'affaire si la reine avait laissé son cœur dicter sa conduite devant tout le monde. Et, si Raison n'avait chassé cette folle pensée et cette passion violente, tout le monde aurait pu voir le fond de son cœur. Mais quelle grande folie ce serait ! Aussi Raison attache-t-elle et enferme-t-elle son cœur trop fou et ses pensées trop folles. Elle les remet dans le bon sens et retarde la rencontre pour trouver un endroit plus favorable et plus discret que celui où ils sont en ce moment et où ils pourront se retrouver.

Le roi accueille Lancelot avec beaucoup d'honneurs. En manifestant toute la joie qu'il ressentait, il lui dit :

« Il y a bien longtemps, mon ami, que je n'ai pas reçu d'aussi bonnes nouvelles de quelqu'un que celles que j'ai de vous, mais je reste abasourdi : dites-moi sur quelle terre et dans quel pays vous avez demeuré si longtemps. Pendant tout l'hiver et tout l'été, je vous ai fait chercher en vain de toutes parts.

– Cher seigneur, je peux vous raconter d'un mot ce qui m'est arrivé. Méléagant le méprisable traître m'a jeté en prison dès l'instant où ont été libérés de son pays tous ceux qui y étaient captifs. Il m'a fait vivre de façon indigne à l'intérieur d'une tour située au bord de la mer où il m'avait enfermé. J'y serais encore, menant une bien pénible existence, si l'une de mes amies, une jeune fille à qui j'avais rendu un petit service, n'était intervenue. En récompense d'une faveur insignifiante, cette demoiselle m'a offert un don immense ! Elle m'a témoigné beaucoup de considérations et d'estime. Quant à celui que je déteste sans limite, celui qui m'a infligé et fait subir honte et malheur, je tiens à lui régler son compte, ici même et sans plus attendre. Il l'a voulu, il l'aura ! Inutile qu'il attende plus longtemps puisque son gain est soigneusement préparé, avec ses intérêts et sa mise[1]. Mais Dieu veuille que, finalement, il n'ait pas à s'en féliciter ! »

Gauvain lui dit alors : « Ami, en payant moi-même cette dette à votre créancier[2], je vous rendrai un bien mince service ! D'autant,

1. **Son gain est soigneusement préparé, avec ses intérêts et sa mise :** on dirait aujourd'hui que Lancelot veut « rendre à Méléagant la monnaie de sa pièce », lui « régler son compte », c'est-à-dire lui faire payer durement sa mauvaise action.
2. **Votre créancier :** Méléagant (celui envers qui Lancelot a une dette).

vous le voyez, que je suis déjà en selle et prêt au combat. Mon cher ami, ne me refusez pas cette faveur que je réclame et désire. »

Lancelot répond qu'il se ferait plutôt arracher un œil de la tête, même les deux, que d'accepter cette requête et il jure que rien de tel n'arrivera. Il a des dettes envers Méléagant et il les remboursera lui-même. Il en a fait le serment de sa main. Gauvain le voit bien : tous ses arguments seraient inutiles. Il défait son haubert, le retire et ôte tout son harnachement.

Lancelot prend ces armes et les revêt aussitôt, sans perdre un instant. Il a le sentiment que l'heure ne viendra jamais où ses dettes seront acquittées et réglées. Il ne connaîtra jamais le bonheur avant d'avoir payé Méléagant. Quand celui-ci l'aperçoit, sa stupéfaction est sans bornes. Quel spectacle incroyable sous ses yeux ! Il est à deux doigts de devenir fou.

« J'ai été stupide, se dit-il, de ne pas être allé vérifier si je tenais toujours enfermé dans la tour celui qui m'a joué un mauvais tour. Mais, bon Dieu, pourquoi y serais-je allé ? Comment m'imaginer qu'il pourrait en sortir ? Les murs ne sont-ils pas solidement bâtis et la tour n'est-elle pas assez élevée et puissante ? En plus, aucun trou, aucune faille par où il pouvait s'échapper sans aide extérieure. Peut-être le secret a-t-il été dévoilé ? Imaginons que, trop vieux, les murs se soient écroulés et complètement effondrés, ne se serait-il pas écrasé avec eux et, du coup, ne serait-il pas mort le corps déchiqueté et mutilé ? Si, par Dieu, il était tombé avec les murs, il se serait tué. Pourtant je crois bien que, avant que les murs s'écroulent, c'est toute la mer qui viendra à manquer, jusqu'à la moindre goutte ! Et ce sera la fin du monde. Ou alors, ces murs, il faudra les abattre de force. Mais non, c'est autre chose, ce n'est pas ainsi qu'il s'en est sorti. Il a reçu de l'aide, il n'a pu s'envoler autrement. Je suis victime d'une machination. Enfin, machination ou pas, il est dehors. Si j'avais su me protéger alors, rien de tel ne serait arrivé et on ne l'aurait jamais revu à la cour. Mais il est trop tard pour se plaindre. Le vilain[1], lui qui ne ment jamais, a un proverbe qui dit vrai : L'étable est trop tard fermée, quand le cheval s'en est échappé. Je sais bien que je vais subir maintenant un traitement honteux et affreux à moins d'affronter de cruelles souf-

1. **Vilain** : voir note 4 p. 74.

frances et de dures épreuves. Mais quelles souffrances et quelles épreuves ? Peu importe, tant que je pourrai résister, je le ferai, s'il plaît à Dieu en qui j'ai toute confiance ! »

C'est ainsi qu'il tente de se rassurer. Maintenant, il ne demande qu'une chose : se retrouver en champ clos[1] contre son adversaire. Et il ne va pas attendre longtemps, me semble-t-il ! Lancelot, en effet, brûle de l'attaquer, convaincu de le vaincre en un clin d'œil. Mais, avant qu'ils se livrent bataille, le roi leur demande de descendre tous les deux au pied de la tour, dans la plus belle lande qui soit jusqu'en Irlande. Ils s'y dirigent sans perdre un instant. Tout le monde s'y rend en foule : le roi, sa cour et tous ses gens, ils y vont tous, sans exception. Pour voir Lancelot, chevaliers, dames et jeunes filles, nobles et belles, se pressent également aux fenêtres.

Dans cette lande poussait le plus beau sycomore[2] qui soit. Son immense ampleur lui faisait couvrir un vaste espace. Il était bordé d'une herbe délicate, fraîche et verte en toute saison. Une fontaine jaillissait sous ce noble et splendide sycomore planté du temps d'Abel[3]. Son eau vive s'écoulait sur un beau gravier, brillant comme de l'argent, par un tuyau fait, je crois, de l'or le plus pur et le mieux affiné, avant de dévaler à travers la lande entre deux bois jusque dans un vallon. C'est là que le roi prenait plaisir à s'asseoir, car tout ce qui s'offrait à sa vue le ravissait.

Il ordonne alors que tout le monde s'écarte. Aussitôt, fou de rage, Lancelot se lance sur Méléagant, comme déchaîné par sa haine. Avant de le frapper, cependant, il l'interpelle d'une voix puissante et agressive : « Venez par ici, je vous défie[4] ! Et, soyez sûr que je ne vais pas vous épargner. »

Puis il éperonne son cheval pour revenir un peu en arrière, à une portée de flèche. Les deux adversaires laissent alors leurs chevaux s'élancer l'un vers l'autre au grand galop. Ils frappent d'abord sur

1. **En champ clos :** le duel aura lieu sur un terrain bien délimité, comme le veut alors la tradition du combat judiciaire.
2. **Sycomore :** figuier originaire d'Égypte.
3. **Du temps d'Abel :** référence à la Bible. Abel est le fils d'Adam. Comprendre ici que le figuier est exceptionnellement vieux et sacré.
4. **Je vous défie :** Lancelot respecte le règlement du combat qui exige que l'attaquant défie officiellement son adversaire.

leurs solides écus, les percent et les traversent, mais sans blessures pour la chair de l'un ou de l'autre. Ils poursuivent leur course à toute vitesse et, portés par l'élan de leurs montures, se portent de puissants coups sur leurs écus solides et résistants. Ils redoublent d'efforts, ces deux chevaliers résolus et intrépides montés sur leurs chevaux robustes et vifs.

Sous la violence du choc, ils passent leurs lances aux travers des écus suspendus à leur cou. Sans se fendre ni se briser, elles touchent, cette fois, leur chair mise à nue. Ils s'entrechoquent avec une telle violence qu'ils sont projetés à terre. Ni poitrail, ni sangles, ni étriers ne peuvent les empêcher de vider leur selle par l'arrière et de chuter sur le sol. Leurs montures folles d'effroi errent dans tous les sens, prêtes à s'entretuer ; l'une se met à ruer, l'autre à mordre. Après leur chute, les chevaliers se relèvent au plus vite, tirent leur épée où sont gravées des inscriptions et placent leurs écus à hauteur de visage. Ils cherchent désormais à s'infliger le plus de mal possible avec l'acier tranchant de leur épée.

Lancelot ne craint pas son adversaire. Il connaît bien mieux que lui, en effet, le maniement de l'épée. Il en sait moitié plus, car il l'a appris dès l'enfance ! Ils se portent des coups héroïques aussi bien sur les écus retenus à leurs cous que sur les heaumes aux cercles d'or de sorte que, finalement, ils les faussent et les brisent. Mais Lancelot serre son rival de très près. Il lui assène[1] un coup d'une extrême violence sur le bras droit que l'écu a laissé découvert et, malgré le fer de l'armure, il le lui tranche tout net ! Méléagant a perdu sa main droite, il comprend bien qu'il est mutilé, mais il se dit qu'il va la faire payer cher si l'occasion se présente. Rien au monde ne l'en empêchera. La douleur, la colère et l'exaspération le submergent tant qu'il devient fou de rage ! S'il n'arrive pas à jouer un mauvais tour à Lancelot, pense-t-il, son affaire est mal partie. Il fonce sur lui, croyant le surprendre, mais Lancelot était sur ses gardes : d'un coup d'épée effilée, il lui fait une telle ouverture dans les entrailles que Méléagant ne s'en remettra pas avant quelques mois, avril ou mai. De plus, il lui enfonce le nasal[2] dans les dents, trois se brisent dans la bouche.

---

1. **Il lui assène :** il le frappe violemment.
2. **Nasal :** partie du heaume qui protège le nez.

Suffoquant de colère, Méléagant perd la parole. Plus un mot ! Asservi[1] et prisonnier de son perfide cœur qui le conseille si mal, il ne daigne pas non plus implorer la grâce de Lancelot. Celui-ci s'approche, délace son heaume et lui tranche la tête. En voilà un qui ne lui échappera plus jamais ! Son adversaire s'est effondré, raide mort ; c'en est fait de lui. Mais personne dans l'assistance, je peux vous le dire, ne ressent la moindre pitié à la vue de ce spectacle. Le roi et tous les présents manifestent leur grande joie ! Les plus réjouis désarment alors Lancelot et le ramènent dans l'allégresse.

Seigneurs, si je continuais mon récit, je déborderais du sujet. C'est la raison pour laquelle j'arrive à ma conclusion. Mon roman est raconté du début à la fin, il s'achève donc. Le clerc Godefroy de Leigni[2] a mené à bien *La Charrette*. Que nul ne lui reproche d'avoir retravaillé l'œuvre commencée par Chrétien : il ne se l'est permis qu'avec son accord. Il a repris le récit à partir de l'épisode qui voit Lancelot emprisonné et a poursuivi jusqu'à la fin. Voilà ce qu'a fait Godefroi. Pour ne pas abîmer le conte, il ne veut ajouter ni retrancher quoi que ce soit.

Ici se termine le *roman de Lancelot de la charrette*.

1. **Asservi :** dominé.
2. **Le clerc Godefroi de Leigni :** le continuateur du roman (voir p. 10).

Clefs d'analyse

Épisode 9

Arrivée de Lancelot à la cour d'Arthur et combat singulier avec Méléagant

Action et personnages

1. Quel est le sentiment dominant au retour de Lancelot à la cour ?
2. Sur quelle opposition se déroulent les retrouvailles du héros avec la reine ? Isolez le passage qui évoque cette scène et relevez quelques mots-clés.
3. Quelles pensées agitent Méléagant quand il voit Lancelot arriver ? Expliquez le désordre de ses idées.
4. Relevez les expressions montrant la hâte de Lancelot à combattre Méléagant. Pourquoi tant d'impatience ?
5. Dans quel cadre va se dérouler le combat ? Citez quelques détails donnant à la description des lieux une poésie particulière.
6. Où se tiendront les spectateurs ? Montrez qu'il s'agit d'un véritable spectacle.
7. Quel nouveau trait de caractère découvrez-vous chez Lancelot au moment où il défie son adversaire ? Relevez quelques termes significatifs.
8. Quelles sont les étapes successives du duel ? À partir de quel moment Lancelot a-t-il le dessus et Méléagant le dessous ?
9. Pourquoi Méléagant ne daigne-t-il pas implorer la grâce de Lancelot ? Quel trait de sa personnalité se confirme ici ?

Langue

10. À quoi fait allusion Lancelot quand il emploie les expressions « faveur insignifiante » (l. 54) et « don immense » (l. 55) ? Quelles qualités morales affiche-t-il ainsi ?
11. Dans les lignes 57 à 63, relevez le champ lexical de l'argent : dans quel sens Gauvain et Lancelot utilisent-ils ces termes ?
12. Expliquez le proverbe : « L'étable est trop tard fermée, quand le cheval s'en est échappé » ? À quels détails peut-on voir que ce proverbe vient d'un « vilain » ?
13. Que veut dire le conteur dans l'expression : « prisonnier de son perfide cœur qui le conseille si mal » (l. 166) ?

Genre ou thèmes

14. À qui s'adresse le conteur à travers le terme « Seigneurs » (l. 175) : à qui est destiné son récit ?
15. Qui est le clerc Godefroi de Leigni ? Dans quelle mesure a-t-il participé à la création du roman ?
16. Comment comprenez-vous la dernière phrase ?

Écriture

17. Dans un monologue à la 1re personne, imaginez les pensées de Lancelot devant son adversaire raide mort.
18. Vous venez d'achever la lecture de *Lancelot ou le Chevalier de la charrette*. Rédigez un article critique dans lequel, comme un journaliste, vous présenterez l'œuvre en soulignant ce qui fait son originalité et sa qualité.

Pour aller plus loin

19. Lancelot est le héros d'un vaste roman en prose du XIIIe siècle, appelé *Le Lancelot en prose*. En vous aidant du dictionnaire ou d'Internet, donnez quelques informations sur cette œuvre.

✻ *À retenir*

Conformément au modèle idéal de la société chevaleresque, les chevaliers d'Arthur sont des combattants exceptionnels qui, à un courage remarquable, allient le désir de se battre, l'excellence technique et la générosité face au vaincu repentant. Dans *Lancelot*, Gauvain, le neveu du roi, est le modèle du chevalier courtois, comme l'atteste sa volonté de remplacer Lancelot absent face à Méléagant. Quant à Lancelot, il est le meilleur chevalier du monde, ainsi que le prouvent tous les combats auxquels il a participé.

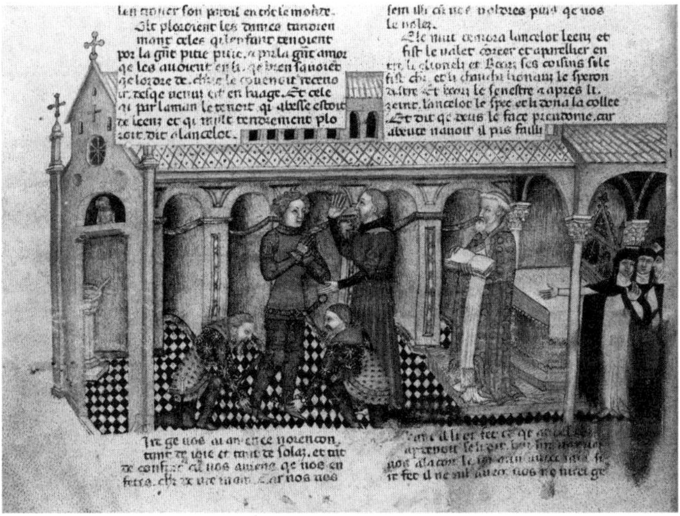

Scène d'adoubement d'un chevalier.
Miniature sur vélin, XIVe siècle.

L'auteur et son roman

1. Vrai ou faux ? Chrétien de Troyes est :

	Vrai	Faux
a. un clerc	☐	☐
b. un prince	☐	☐
c. un chevalier	☐	☐
d. un troubadour	☐	☐
e. un ermite	☐	☐

2. Complétez le texte à l'aide des noms propres proposés dans la liste suivante :

Marie de Champagne – Godefroi de Leigni – Aliénor d'Aquitaine – Chrétien de Troyes

C'est sur une commande de .... que .... a conçu et rédigé son roman *Lancelot ou le Chevalier de la charrette*. Cette jeune femme aimait la poésie et les arts, tout comme sa mère, la fameuse .... , reine de France, à qui l'on doit le développement de la courtoisie en France. La fin du roman n'est pourtant pas l'œuvre de .... En effet, c'est à un autre auteur, du nom de .... que .... confie la tâche de terminer son récit, sans que l'on sache pourquoi.

3. Chrétien de Troyes est un écrivain :

	Oui	Non
a. français	☐	☐
b. anglais	☐	☐
c. franco-anglais	☐	☐
d. écossais	☐	☐
e. provençal	☐	☐

Le genre

1. Repérez et soulignez deux inexactitudes.

a. *Lancelot ou le Chevalier de la charrette* est un roman en prose.
b. *Lancelot* est rédigé en ancien français.
c. *Lancelot* est un roman de chevalerie.
d. *Lancelot* est un roman courtois.
e. *Lancelot* est l'adaptation d'un texte latin.

2. On appelle « matière de Bretagne » :

☐ a. les légendes celtiques.
☐ b. les textes antiques.
☐ c. les légendes romaines.
☐ d. les légendes écossaises.
☐ e. les aventures du roi Arthur et des chevaliers de la Table ronde.

3. Quels objets appartiennent au « merveilleux breton » ?

☐ a. la lance enflammée.
☐ b. l'anneau de Lancelot.
☐ c. la charrette.
☐ d. les tombes prédestinées.
☐ e. la tour où est enfermé Lancelot.

L'action

1. Méléagant enlève Guenièvre :

☐ a. le jour de Pâques.
☐ b. le jour de l'An.
☐ c. le jour de l'Ascension.

2. À la cour d'Arthur, un chevalier exige d'être le champion de la reine contre Méléagant. Il s'agit de :

☐ a. Keu.
☐ b. Gauvain.
☐ c. Lancelot.

3. Lancelot monte sur la charrette :

- ☐ a. parce qu'il n'a plus de cheval.
- ☐ b. parce qu'il est fatigué.
- ☐ c. parce que le nain lui promet de le conduire à Guenièvre.

4. Pourquoi Guenièvre se montre-t-elle hautaine devant Lancelot ?

- ☐ a. parce qu'il a hésité avant de monter dans la charrette.
- ☐ b. parce qu'elle veut lui faire du mal.
- ☐ c. parce qu'elle n'est pas sûre de l'aimer.

5. Lancelot pénètre au royaume de Gorre :

- ☐ a. par le Pont sous l'Eau.
- ☐ b. par le Pont de l'Épée.
- ☐ c. par la magie de son anneau.

6. Lancelot libère les prisonniers de Gorre :

- ☐ a. après avoir négocié avec le roi Bademagu.
- ☐ b. après avoir gagné son combat contre Méléagant.
- ☐ c. après avoir remis une rançon.

7. Lancelot reste prisonnier dans la tour pendant :

- ☐ a. plus d'un mois.
- ☐ b. plus d'un an.
- ☐ c. neuf mois.

8. Lancelot est libéré par :

- ☐ a. la sœur de Méléagant.
- ☐ b. la Dame du Lac.
- ☐ c. la sœur de Gauvain.

9. Méléagant perd la vie en combattant contre :

- ☐ a. Arthur.
- ☐ b. Gauvain.
- ☐ c. Lancelot.

10. Barrez les aventures qui ne figurent pas dans Lancelot :

a. Lancelot est légèrement blessé par la lance enflammée.
b. Au Pont de l'Épée, Lancelot est attaqué par des lions.
c. Lancelot garde le peigne de la reine Guenièvre.
d. Lancelot est arrêté par erreur par les gens du roi Bademagu.
e. Gauvain est prêt à se battre contre Méléagant à la place de Lancelot.

11. Remettez dans l'ordre les principaux épisodes de Lancelot :

a. Pour pénétrer dans le royaume de Gorre où est emmenée la reine, Lancelot s'aventure avec succès sur le redoutable Pont de l'Épée.
b. Le mystérieux chevalier dort dans un merveilleux château où il s'approprie le plus beau lit. Pendant la nuit, il échappe au coup fatal d'une lance enflammée.
c. Un mystérieux chevalier monte dans la charrette de la honte pour suivre à la trace la reine Guenièvre prisonnière de Méléagant.
d. Lancelot est enfermé dans une tour par Méléagant.
e. De retour à la cour d'Arthur, Lancelot règle ses comptes avec Méléagant qu'il anéantit lors d'un violent combat singulier.
f. Un chevalier arrogant enlève la reine Guenièvre et propose de la rendre au roi Arthur, en même temps que d'autres prisonniers, si un chevalier du royaume de Logres, ayant accepté de se mesurer à lui, remporte la victoire au combat.
g. La sœur de Méléagant libère Lancelot prisonnier dans sa tour.
h. La reine Guenièvre réserve un accueil glacial à Lancelot vainqueur de Méléagant.
i. La reine Guenièvre révèle le nom du chevalier extraordinairement valeureux qui s'oppose en combat singulier contre Méléagant.
j. Lancelot et Guenièvre passent ensemble une belle nuit d'amour dans la chambre de la reine.

Les personnages

1. Soulignez la bonne réponse et barrez la mauvaise :

a. Gauvain est le neveu/le frère du roi Arthur.
b. Guenièvre est blonde/rousse.
c. Bademagu règne sur le royaume de Logres/de Gorre.
d. Méléagant est un combattant remarquable/un lâche.
e. La fille de Bademagu/le nain libère Lancelot prisonnier dans la tour.

2. Qui, de Lancelot ou de Méléagant, prononce ces mots ?

a. « Plutôt mourir que faire demi-tour. »
b. « Je suis un chevalier et je viens du royaume de Logres. »
c. « Tout allait bien, tout va mal. »
d. « Je suis victime d'une machination. »
e. « L'étable est trop tard fermée, quand le cheval s'en est échappé. »

3. Qui prononce ces phrases pleines de sagesse : le conteur ou Bademagu ?

a. « Il est plus facile de faire le mal que le bien. »
b. « Celui qui aime obéit. »
c. « Un homme d'honneur doit attirer vers lui tout homme d'honneur. »
d. « Qui honore autrui s'honore soi-même. »

4. Ordonnez en deux familles – les bons et les méchants – ces personnages du roman :

Lancelot – Méléagant - Bademagu – Gauvain – la sœur de Méléagant – le nain de la charrette – le vieil ermite – le roi Arthur

Les bons	Les méchants

La civilisation du Moyen Âge

1. Cochez les termes qui entrent dans la définition de « l'amour courtois ».

- ☐ noblesse
- ☐ sagesse
- ☐ hardiesse
- ☐ orgueil
- ☐ respect
- ☐ désir
- ☐ vengeance
- ☐ loyauté
- ☐ obéissance
- ☐ adoration

2. Quels sont les termes qui caractérisent un chevalier d'élite ?

- ☐ service
- ☐ merci
- ☐ valeureux
- ☐ prouesse
- ☐ orgueil
- ☐ loyauté

3. Que représente la roue de fortune ?

- ☐ le destin
- ☐ la chance
- ☐ le hasard
- ☐ l'avenir
- ☐ la mort

4. La charrette est destinée :

- ☐ au transport des vaches.
- ☐ au transport des criminels.
- ☐ au transport des porcs.
- ☐ au transport des nains.
- ☐ au transport des chevaliers blessés.

5. Que désigne l'expression « le royaume d'où nul ne s'échappe » ?

- ☐ le royaume de Gorre.
- ☐ le royaume de Logres.
- ☐ l'enfer.
- ☐ le royaume des morts.
- ☐ le paradis.

6. Reliez ces termes avec leur définition :

a. haubert •	• casque en forme de cône
b. écu •	• cheval de bataille
c. heaume •	• tunique de mailles
d. vassal •	• bouclier
e. destrier •	• chevalier au service d'un seigneur

L'écriture du roman

1. Précisez la nature des interventions du conteur :

réflexion sur l'art d'écrire – annonce d'un événement futur – prise à témoin du lecteur – réflexion morale – confidence sur les sentiments du héros

a. « Ce n'est pas pour lui déplaire. » :

....

b. « N'allez pas croire que la demoiselle lui confie ses intentions. » :

....

c. « Un jour, il devra le payer cher. » :

....

d. « Mais pourquoi allonger mon récit ? » : ....

....

e. « Il y a toujours quelqu'un pour répandre les nouvelles, et plutôt les mauvaises que les bonnes. » : ....

Avez-vous bien lu ?

2. Faites correspondre ces procédés d'écriture avec les phrases qui les illustrent :

énumération – allégorie – hyperbole – métaphore – comparaison.

a. « On aurait dit le fleuve des Enfers. »
b. « Quant au chevalier, il se sent ivre de bonheur en pressant les cheveux sur son cœur. »
c. « Personne, sage ou fou, n'en vit d'aussi magnifique depuis le temps du géant Issoire. »
d. « Amour qui le conduit et le guide le soulage et le soigne. »
e. « Évite donc d'être considéré comme entêté, fou et orgueilleux. »

3. Classez ces phrases en deux catégories : portrait ou description.

a. « Bien bâti, Méléagant avait noble et fière allure. Son haubert, fait de mailles fines, ainsi que son heaume et son écu qui pendait à son cou lui allaient à merveille » :

....

b. « [...] une jeune fille magnifiquement vêtue. Elle dépassait en beauté toutes les femmes du pays » :

....

c. « [...] la doublure n'était certainement pas une fourrure pelée, c'était de la zibeline ! Cette couverture sous laquelle il se glissait était bien digne d'un roi ! » :

....

d. « [...] la reine arrive dans la blancheur lumineuse d'une chemise. Sans robe ni tunique, elle est simplement vêtue d'un petit manteau en soie d'écarlate et peau de marmotte » :

....

e. « [...] dans cette lande poussait le plus beau sycomore qui soit. Son immense ampleur lui faisait couvrir un vase espace. Il était bordé d'une herbe délicate, fraîche et verte en toute saison » : ....

....

En savoir plus sur : **www.petitsclassiqueslarousse.com**

POUR APPROFONDIR

Thèmes et prolongements

✣ Lancelot le magnifique

Personnage exemplaire qui réunit à la fois les vertus courtoises et les qualités chevaleresques, Lancelot est proposé à l'admiration de tous. Mais ce surhomme dont le destin exceptionnel est clairement annoncé échappe à la banale image du héros par la complexité de sa personnalité.

Un modèle de courtoisie

En toute occasion, Lancelot affiche des manières exquises : il est poli (« Ce chevalier a salué monseigneur Gauvain le premier ») et respectueux (il parle au très vieux moine du cimetière « très humblement »). Sa piété s'exprime en toute occasion : avant d'entrer dans le cimetière, « Le chevalier ne s'est pas comporté comme un mal élevé ou un imbécile quand, à pied, il est entré dans l'église pour prier Dieu ». Plus tard, quand il s'apprête à traverser le Pont de l'Épée, il affirme sa ferveur religieuse : « ma foi et ma confiance en Dieu sont telles qu'Il me protégera partout ». Sa générosité lui fait, sans discuter, accorder un don à la sœur de Méléagant et sa modestie lui fait considérer cet acte comme « une faveur insignifiante ». Enfin son sens de l'amitié s'exprime en maintes occasions, par exemple quand, prisonnier de la tour, il assure que, si Gauvain avait été à sa place, il l'aurait « cherché des deux côtés de la mer dans les lieux les plus écartés et les plus secrets, pendant sept années au moins ou dix même ».

Un preux chevalier

Du preux chevalier, Lancelot a toutes les qualités : d'abord le sang-froid face au danger, comme l'atteste la maîtrise dont il fait preuve quand le lit où il dort prend feu et qu'il échappe de peu au fer de la lance enflammée (« il se recouche avant de s'endormir aussi paisiblement qu'avant »). Sa force physique exceptionnelle apparaît aussi à plusieurs reprises, que ce soit quand il « soulève sans peine » la dalle que sept homme réunis ne pourraient porter, ou quand il se bat « furieusement [...] férocement » contre Méléagant. Dans l'épreuve, son mépris du danger va de pair avec son assurance : c'est « dans un éclat de rire » qu'il répond aux conseils angoissés de ses compagnons avant de s'engager sur le Pont de l'Épée. Et, dans son dernier duel avec Méléagant, « il ne craint pas son adversaire ». Car il est expérimenté : il a appris dès l'enfance le maniement de l'épée, ce qui fait de lui un combattant hors pair, comme l'attestent ses victoires successives sur son ennemi juré. Enfin, Lancelot est incroyablement courageux : il résiste à l'« atroce douleur », au « supplice » que lui inflige sa traversée héroïque du Pont de l'Épée.

Une personnalité complexe

Mais Lancelot, s'il réunit toutes les qualités courtoises et chevaleresques, n'est pourtant pas un héros ordinaire. Sa nature à part lui permet d'échapper à la banalité de son rôle. On note d'abord chez lui une volonté hors du commun : ainsi, pour mieux rejoindre la reine, il monte dans la charrette, en dépit du prix à payer : la « honte », le « reproche », le « déshonneur ». Son caractère très affirmé l'incite à résister à quiconque cherche à l'influencer, par exemple, à la jeune fille qui veut l'écarter du chemin qu'il s'est fixé : « c'est par là que je poursuivrai ». De même, quand ses compagnons cherchent à l'empêcher de traverser le Pont de l'Épée, il insiste : « Plutôt mourir que faire demi-tour ». Et, dans l'épisode du lit périlleux, il reste sourd aux avis qu'on lui donne : « que cela plaise ou non, j'ai bien l'intention de m'allonger sur ce lit ». Pourtant, cet être résolu est parfois « songeur » (« il se délecte de ses pensées et goûte infiniment ses rêveries »). Il lui arrive d'afficher une faiblesse déconcertante : il est prêt à « se laisser glisser dans le vide », « il reste sans voix et perd toutes ses couleurs ». Car l'amour le rend terriblement vulnérable...

✥ Une belle histoire d'amour

Lancelot ou le Chevalier de la charrette nous raconte l'histoire d'une passion amoureuse entre deux êtres d'exception : une reine et le meilleur chevalier du monde. Exemplaire de la « fin'amor » telle qu'elle était chantée par les troubadours, la relation du héros avec Guenièvre est un amour interdit et donc secret. C'est elle qui stimule chez Lancelot le désir de se surpasser pour sa dame, et c'est elle qui rythme le récit.

Une passion secrète et partagée

Amoureux de Guenièvre, Lancelot ne s'appartient plus lui-même : il est tantôt en adoration devant les cheveux de l'aimée, (« plus de cent mille fois, (il) les porte à ses yeux et à sa bouche, s'en caresse le front et le visage ») ; tantôt fasciné au point d'en perdre le sens des réalités en plein combat (« Dès qu'il l'aperçoit, il s'immobilise et n'en détourne plus ni ses yeux ni son visage ») ; tantôt en pleurs quand elle affiche son indifférence. Il idolâtre son amie comme une divinité inaccessible dont le « corps saint » lui ouvre les portes d'un bonheur complet au moment de leur nuit d'amour.

Quant à Guenièvre, si elle apparaît, dans un premier temps, dédaigneuse et ingrate, c'est parce qu'elle joue à la perfection son rôle de femme à conquérir et qu'elle pratique l'art de la « fin'amor » avec une maîtrise remarquable : « Je croyais le faire par jeu, mais, lui, il a cru que c'était bien autre chose ». Passé ce moment, elle manifeste un attachement très fort comme l'atteste son désespoir quand elle apprend la fausse nouvelle de la mort de Lancelot. Toutefois, le conteur tient à préciser que les deux amants ne sont pas à égalité : comme il se doit, « elle l'aime profondément, mais, lui, il l'aime cent mille fois plus ». Pourtant le désir les met au même niveau comme en témoigne « le jeu de baisers et d'étreintes » auquel ils s'abandonnent tous deux durant leur nuit d'amour.

La prouesse au service de l'amour

C'est la passion qui donne à Lancelot sa force et son génie face aux obstacles dressés sur sa route. Ainsi, c'est pour retrouver sa dame que le héros franchit « le gouffre » du Pont de l'Épée et c'est pour elle qu'il affronte un rival redoutable : Méléagant. Guenièvre seule décide de ses performances au combat : selon la volonté de sa dame, Lancelot se montre impitoyable (« Le voici rendu féroce et courageux par Amour ») ou se met en retrait (« sitôt qu'elle a dit "j'accepte de lui demander de l'épargner", Lancelot n'aurait touché Méléagant pour rien au monde, il n'aurait bougé d'un pouce, même au prix de sa vie »). L'obéissance de l'amant est sans faille : « à plusieurs reprises, il a fait le service qu'elle demandait et s'est comporté en vassal ». Mieux encore, lors du tournoi de Noauz, Lancelot accepte de paraître lâche quand, alors qu'il se bat incognito, la reine qui l'a reconnu exige de lui qu'il se conduise « au pis », et lui commande ensuite de se battre « au mieux ».

Une succession d'épisodes dramatiques

C'est également l'amour de Lancelot pour la reine qui fait progresser le récit. Tout commence avec la brève hésitation de Lancelot au moment de monter dans la charrette : « Quel malheur et quelle honte pour lui de ne pas y être monté à l'instant ! Un jour, il devra le payer cher. » Voilà l'amant courtois pris en défaut ! Cet écart va occasionner une chaîne d'événements inattendus : la réaction hautaine de Guenièvre face à son libérateur, laquelle sera suivie du départ de l'amant désespéré, de la nouvelle de sa mort puis du désespoir et des remords de la reine, enfin de la réconciliation des amants.

La clandestinité de cette liaison ajoute aussi à la puissance dramatique de certaines scènes. Ainsi quand Guenièvre très inquiète de la disparition de Lancelot doit afficher sa joie de revoir Gauvain. Ou plus tard, lorsque les deux amants, réunis à la cour d'Arthur, se forcent à paraître distants alors qu'ils rêvent d'être ensemble.

✣ Un récit enchanté

Comme tous les romans arthuriens qui puisent leur inspiration dans la matière de Bretagne, c'est-à-dire dans les légendes celtiques, *Lancelot ou le Chevalier de la charrette* inscrit le merveilleux dans son programme. Articulée très naturellement avec la réalité des royaumes de Logres et de Gorre, la magie donne à ce roman de chevalerie une dimension mystérieuse et poétique qui enrichit fortement sa signification.

Les merveilles dans *Lancelot*

Les merveilles du *Lancelot* concernent aussi bien les objets et le décor que les personnages et leurs actions. On distingue d'abord la scène surnaturelle du lit défendu et de la lance enflammée : Lancelot qui vient de se glisser dans le lit le plus luxueux du château où, avec Gauvain, il est hébergé, manque d'être transpercé par une lance tombée du ciel « telle la foudre ». Après avoir éteint un début d'incendie, il se recouche tranquillement, ignorant la légère blessure qui lui a été faite. Plus tard, alors qu'il avance sur les traces de la reine, il découvre un cimetière dont les tombes portent, par anticipation, le nom des chevaliers d'élite qui y seront enterrés. La plus belle sépulture présente une inscription à valeur de présage : l'homme qui soulèvera la pierre tombale est appelé à délivrer les prisonniers de Gorre. Et la tombe accueillera un jour cet homme-là. Or, Lancelot accomplit l'impossible : cette pierre qui, pour être soulevée, réclamerait la force de sept hommes, il « la soulève sans peine, bien plus facilement que dix hommes qui s'y seraient mis de toute leur force ». Tout ici, et même le personnage de l'ermite qui semble si bien renseigné sur ce cimetière extraordinaire, oriente le récit vers le conte de fées.

L'épisode du Pont de l'Épée constitue ensuite le point culminant de la merveille : le pont que devra franchir le héros s'il veut rejoindre la reine est « fait d'une épée polie et étincelante de blancheur » qui mesurait « la longueur de deux lances » et « qui est bien plus

tranchante qu'une faux ». Au cas où Lancelot arriverait à franchir le gouffre en avançant sur la lame effilée, deux lions l'attendent sur l'autre rive. Comme on le voit, les données de la merveille sont particulièrement sinistres pour le héros. Or, Lancelot, une fois encore, sort vainqueur de l'épreuve : « au prix d'un affreux supplice » il franchit le pont. Mieux : son anneau magique – cadeau de la Dame du Lac qui l'a élevé – fait disparaître les fauves menaçants.
Autour de ces épisodes-clés, Lancelot rencontre aussi des nains odieux, agents du mal, des demoiselles impérieuses (celle du château au lit périlleux, ou la jeune fille qui réclame la tête du chevalier qu'elle hait), et des ermites qui savent beaucoup de choses. Ces personnages qui surgissent avec aplomb dans l'histoire sont nimbés de mystère.

Des enchantements pleins de sens

Les enchantements interviennent sur la route de Lancelot, tantôt inexpliqués, tantôt annonciateurs d'un événement ultérieur et toujours énigmatiques. Ils donnent au récit une puissance dramatique extrême, éveillant chez le lecteur, comme autrefois chez le public attentif du conteur, des émotions fortes : surprise, fascination, anxiété, soulagement, impatience. Et, surtout, elles ouvrent des questions auxquelles le texte ne répond pas : la lance enflammée a-t-elle valeur d'avertissement et, si oui, quelle puissance supérieure se cache derrière ce signal ? Quel message envoie-t-elle ? Lancelot accomplira-t-il son destin inscrit sur sa pierre tombale ? À qui doit-on les prédictions inscrites dans le cimetière ? Pourquoi ce pont en forme d'épée pour pénétrer dans le royaume « d'où nul ne revient » ? Et Lancelot, qui, avec son anneau magique, se joue des enchantements, ce héros invincible qui franchit en vainqueur les obstacles les plus insurmontables, n'est-il qu'un simple être humain ?

✣ Un conteur passionnant

Lancelot ou le Chevalier de la charrette est l'œuvre d'un maître en écriture ; ce roman marque les débuts d'un genre appelé à triompher au cours des siècles et présente déjà toutes les qualités expliquant son succès : une solide organisation, des registres et des formes variés, un ton très animé. Tous ces procédés visent un seul et même but, soutenir l'intérêt d'un public habitué à écouter des histoires racontées à voix haute.

Un récit solidement organisé

Un cadre très symétrique structure le roman : l'histoire commence à la cour du roi Arthur et finit de même. Entre-temps, l'action occupe plus d'une année, sachant que le héros a passé douze mois enfermé dans sa tour (« Hélas, voilà plus d'un an que l'on m'a mis en prison dans cette tour ! »).

Le récit de Chrétien de Troyes s'organise autour d'un axe fort : la quête de la reine dans laquelle s'engagent le sénéchal Keu, Gauvain et le mystérieux chevalier de la charrette. À partir de ce fil directeur, les épisodes s'enchaînent selon un rythme vif, distribuant au fil du récit une série de rencontres (ex : l'ermite du cimetière), d'épreuves (ex. : le passage du Pont de l'Épée) et de combats (ex. : les deux duels contre Méléagant) qui classent le récit dans la catégorie du roman d'aventure. Mais ce qui fait la qualité unique de l'œuvre, c'est que ces péripéties s'articulent autour d'une intrigue amoureuse dont les moments forts comme l'accueil glacial de Guenièvre ou la nuit d'amour des amants réconciliés s'inscrivent au cœur de l'action, guidant l'attention du public sur deux questions-clés : Lancelot arrivera-t-il à délivrer la reine ? La passion du meilleur chevalier du monde pour l'épouse du roi Arthur débouchera-t-elle sur une relation amoureuse ?

Une grande richesse dans la forme

Le roman tient également son originalité de son exceptionnelle richesse formelle à laquelle la chanson de geste et le roman antique, beaucoup plus conventionnels, n'avaient pas habitué le public. Citons d'abord la variété des registres : le merveilleux dans les scènes surnaturelles, le réalisme dans le récit des batailles (« Méléagant a perdu sa main droite, il comprend bien qu'il est mutilé »), le pathétique dans l'expression du désespoir amoureux (« Ah, malheureuse ! »), le didactisme dans certains des commentaires du conteur (« comme le vilain le dit à juste titre, il est bien difficile de trouver un véritable ami »). À cela s'ajoute la diversité des formes : portraits suggestifs (« la reine arrive dans la blancheur lumineuse d'une chemise. Sans robe ni tunique, elle est simplement vêtue d'un petit manteau en soie d'écarlate et peau de marmotte »), descriptions poétiques (« Son eau vive s'écoulait sur un beau gravier, brillant comme de l'argent »), monologues poignants (Guenièvre se reprochant sa dureté envers Lancelot) et dialogues révélateurs des caractères (« Comment, tu trouves convenable de le frapper alors qu'il ne te touche pas ? » [...] « Je crois que vous n'y voyez plus ! Vous êtes aveugle ou quoi ? »).

Un ton très animé

Enfin, la voix du narrateur donne au récit une vivacité qui inscrit le roman dans la tradition orale. Sans cesse, le conteur prend à témoin le lecteur (« Vous voulez toute la vérité ? ») ou explique ses choix narratifs (« J'aurais beaucoup à vous dire sur ces deux valeurs opposées, mais ce serait retarder mon récit »). Souvent, pour taquiner le public, il prétend ignorer certains aspects de l'histoire (« j'ignore de quoi il lui parlait »). Le conteur aime aussi insister ou exagérer sur certains aspects pour éveiller l'admiration du public (« Jamais on n'a entendu parler d'une telle merveille, jamais on n'en a connu de semblable »). Enfin, il se plaît à ajouter des réflexions morales au fil de l'histoire : « Il y a toujours quelqu'un pour répandre les nouvelles, et plutôt les mauvaises que les bonnes. »

Textes et images

✣ Enchantements et féeries au Moyen Âge

Le public du Moyen Âge passionné de magie et de sortilèges trouve dans les romans et les lais bretons un monde imaginaire qui satisfait sa soif d'irréel. Les enchantements y surviennent sous différentes formes : un petit chien au pouvoir surnaturel rend au héros désespéré sa joie de vivre, un être humain se métamorphose en femme à queue de serpent ou en loup-garou, des forces mystérieuses et invisibles interviennent dans les situations du quotidien…

Documents :

❶ Extrait du *Roman de Tristan et Iseut*, d'après Béroul (vers 1173). Renouvelé par Joseph Bédier en 1900, L'Édition d'art Henri Piazza, 1947.

❷ Extrait de *Bisclavret*, de Marie de France (v. 1160-1175). Traduction en français moderne par Pierre Jonin, Champion, 1997.

❸ Extrait de *Perceval en prose*, attribué à Robert de Boron (vers 1210). Traduction Emmanuèle Baumgartner sous le titre « Merlin et Arthur : le Graal et le Royaume » dans *La Légende arthurienne, le Graal et la Table ronde*, Robert Laffont, coll. « Bouquins », 1989.

❹ Extrait du *Roman de Mélusine*, de Coudrette (1401-1405). Traduction Laurence Harf-Lancner, Flammarion, 1993.

❺ « La fée Mélusine, métamorphosée en guivre, s'envole d'une tour du château de Lusignan ». Gravure sur bois coloriée d'un auteur anonyme (1478).

❻ Trois visages de loup-garou par Lebrun (XVIIIe siècle).

❼ Commentaires sur l'Apocalypse : « Des grenouilles sortent de la bouche de la Bête, du Dragon et du Faux Prophète ». Miniature de Beato (ou Beatus) de Liébana (776).

1 *[Séparé de la reine Iseut sa bien-aimée, Tristan est submergé par l'angoisse et la tristesse.]*

Un jour qu'il était assis aux côtés du jeune duc, son cœur était si douloureux qu'il soupirait sans même s'en apercevoir. Le duc, pour adoucir sa peine, commanda d'apporter dans sa chambre privée son jeu favori, qui, par sortilège, aux heures tristes, charmait ses yeux et son cœur. Sur une table recouverte d'une pourpre[1] noble et riche, on plaça son chien Petit-Crû. C'était un chien enchanté : il venait au duc de l'île d'Avallon ; une fée le lui avait envoyé comme un présent d'amour. Nul ne saurait par des paroles assez habiles décrire sa nature et sa beauté. Son poil était coloré de nuances si merveilleusement disposées que l'on ne savait nommer sa couleur ; son encolure semblait d'abord plus blanche que neige, sa croupe plus verte que feuille de trèfle, l'un de ses flancs rouge comme l'écarlate[2], l'autre jaune comme le safran[3], son ventre bleu comme le lapis-lazuli[4], son dos rosé ; mais, quand on le regardait plus longtemps, toutes ces couleurs dansaient aux yeux et muaient, tour à tour blanches et vertes, jaunes, bleues, pourprées, sombres ou fraîches. Il portait au cou, suspendu à une chaînette d'or, un grelot au tintement si gai, si clair, si doux, qu'à l'ouïr, le cœur de Tristan s'attendrit, s'apaisa, et que sa peine se fondit. Il ne lui souvint plus de tant de misères endurées pour la reine ; car telle était la merveilleuse vertu du grelot : le cœur, à l'entendre sonner, si doux, si gai, si clair, oubliait toute peine. Et tandis que Tristan, ému par le sortilège, caressait la petite bête enchantée qui lui prenait tout son chagrin et dont la robe, au toucher de sa main, semblait plus douce qu'une étoffe de samit[5], il songeait que se serait là un beau présent pour Iseut. Mais que faire ?

1. **Une pourpre :** une étoffe teinte avec de la pourpre, un colorant de couleur rouge violacée.
2. **L'écarlate :** un colorant.
3. **Le safran :** une épice.
4. **Le lapis-lazuli :** une pierre précieuse.
5. **Samit :** précieuse étoffe de soie.

Textes et images

Le duc Gilain aimait Petit-Crû par-dessus toute chose, et nul n'aurait pu l'obtenir de lui, ni par ruse, ni par prière.

2 Tous deux s'aimaient. Mais une chose inquiétait beaucoup l'épouse : il disparaissait chaque semaine pendant trois jours entiers sans qu'elle sache ce qu'il devenait ni où il allait, ignorance qu'elle partageait avec tous les siens. Une fois où il était de retour chez lui, joyeux et gai, elle l'a questionné longuement :
« Seigneur, dit-elle, mon bon ami, il y a une chose que je vous demanderais bien volontiers si seulement je l'osais, mais je crains tellement votre colère, c'est ce que je redoute le plus au monde. »
À ces paroles, il la prend par le cou, l'attire à lui et lui donne des baisers :
« Dame, dit-il, demandez donc ! Vous ne poserez jamais de question sans avoir de moi la réponse, si du moins je la sais.
Ma foi, pense-t-elle, me voilà sauvée !
« Seigneur, mon émoi est tel pendant les jours où je suis sans vous, je ressens dans mon cœur une douleur si grande et j'ai tellement peur de vous perdre, que si on ne me réconforte bien vite, il se pourrait que je meure avant longtemps ! Allons, dites-moi où vous allez, où vous êtes, où vous demeurez ! Mon sentiment est que vous aimez une autre femme, et s'il en est ainsi, vous commettez une faute.
– Dame, dit-il, pitié, au nom de Dieu ! Il m'arrivera malheur si je vous le révèle, car cela vous détournera de m'aimer et causera ma perte. »
Quand la dame a entendu cette réponse, elle a bien compris qu'il ne plaisantait pas. Elle lui pose souvent des questions, le comble de caresses et de flatteries, tant et si bien qu'il lui raconte ce qui lui arrive, sans rien lui dissimuler.
« Dame, dit-il, je deviens loup-garou. J'entre là-bas, dans cette grande forêt, et au plus épais du bois, je vis de proies et de rapines[1]. »
Quand il lui a tout raconté, elle lui demande de préciser s'il enlève ses vêtements ou s'il les garde. « Dame, répond-il, je vais tout nu.
– Dites-moi, au nom de Dieu, où sont vos vêtements ?

---

1. **Rapines :** vols.

– Dame, cela je ne vous le dirai pas, car si je les perdais et si on me savait dans cette situation, je resterais loup-garou pour toujours. Alors, il n'y aurait plus pour moi de recours jusqu'au moment où ils me seraient rendus. C'est pour cela que je ne veux pas qu'on le sache.
– Seigneur, répond la dame, je vous aime plus que tout au monde. Vous ne devez rien me cacher ni redouter quoi que ce soit de ma part. Vous paraîtriez ne pas m'aimer. Qu'ai-je fait de mal ? Pour quelle faute redoutez-vous de moi quoi que ce soit ? Dites-moi le secret et vous ferez bien. »
Elle le tourmente et l'entreprend tellement que, ne pouvant faire autrement, il le lui révèle :
« Dame, dit-il, à côté de ce bois, près du chemin que je prends, s'élève une vieille chapelle qui, souvent, me rend grand service : il y a là une grande pierre largement évidée, placée sous un buisson. C'est à cet endroit que je dispose mes vêtements, sous le buisson, jusqu'au moment où je reviens à la maison. »
La dame écoute ce récit prodigieux et elle en devient toute rouge de peur. Cette histoire la plonge dans l'effroi. Elle réfléchit aux diverses manières dont elle pourrait se séparer de son mari, car elle ne veut plus coucher avec lui.

3 Perceval chevaucha toute la journée sans trouver d'aventure. À l'approche du soir, il pria Notre Seigneur de lui faire trouver quelque demeure où il serait bien accueilli, ce qui n'avait pas été le cas la nuit précédente ! Regardant devant lui, il aperçut alors dans l'épaisseur de la forêt le faîte[1] d'une tour qui se dressait, beau et imposant. Tout content, il chevaucha à vive allure dans cette direction et, une fois arrivé, il se trouva devant le plus beau château du monde. Le pont-levis était baissé, la porte d'enceinte ouverte. Il entra donc, toujours à cheval, alla jusqu'aux marches qui conduisaient à la grand-salle et mit pied à terre ; puis, après avoir attaché son cheval à un anneau, tout armé, l'épée au côté, il pénétra dans la

1. **Le faîte :** le sommet.

salle. Une fois à l'intérieur, il regarda de tous les côtés sans voir âme qui vive. Il passa ensuite dans une chambre et en fit le tour mais, là non plus, il ne vit personne. Tout étonné, il revint donc sur ses pas.
– Par Dieu, dit-il, tout cela est fort surprenant ! Il y a dans cette salle, je le vois bien, des traces de pas. Il est évident qu'il y a eu du monde là, il n'y a pas longtemps, et pourtant, je ne vois personne !
Revenant alors au milieu de la salle, il aperçut devant une fenêtre un échiquier[1] d'argent pur. Les pièces d'ivoire, noires et blanches, étaient disposées dessus, en position de jeu. Attiré par leur beauté, Perceval s'approcha et les contempla longuement. Au bout d'un moment, il se mit à manipuler les pièces et en avança une. Le jeu aussitôt joua contre lui. Très étonné par cette riposte, Perceval avança une autre pièce : la même chose se produisit. Il prit alors place et se mit à jouer. Il fit trois parties et, par trois fois, le jeu le fit mat[2]. Rendu furieux par sa défaite, Perceval s'écria :
– Sur la foi que je dois à Notre Seigneur, voici une bien grande merveille ! Je croyais que j'étais passé maître à ce jeu, et par trois fois ces pièces m'ont maté ! Mais que je sois maudit si cet échiquier me fait encore mat et me couvre de honte, moi ou quelque autre chevalier !
Il recueillit alors les pièces de l'échiquier dans le pan de son haubert[3] et s'approcha de la fenêtre. Il s'apprêtait à les jeter dans la rivière qui coulait en contrebas lorsqu'une jeune fille qui se trouvait au-dessus de lui, à une fenêtre, l'interpella vivement.
– Chevalier, lui cria-t-elle, votre cœur vous fait faire un geste bien peu courtois, vous qui voulez ainsi jeter à l'eau ces pièces ! Si vous les jetez, vous ferez, sachez-le, une bien mauvaise action.
– Ma demoiselle, répliqua Perceval, si vous descendez, je vous assure que je n'en jetterai aucune.
– Je n'en ferai rien, répondit-elle, mais replacez-les sur l'échiquier et vous ferez ainsi preuve de courtoisie.

1. **Un échiquier** : un jeu d'échecs.
2. **Le jeu le fit mat** : il échoua au jeu (il fut « maté », voir plus bas dans le texte).
3. **Haubert** : cotte de mailles.

– Qu'est-ce que cela signifie, ma demoiselle ? Vous ne voulez rien faire de ce que je vous demande et vous exigez que je fasse quelque chose pour vous ! Par saint Nicolas, si vous ne descendez pas, je les jetterai !

– Seigneur chevalier, reprit la jeune fille en entendant cette réponse, replacez les pièces. Je vais descendre plutôt que de vous les voir jeter.

Perceval, tout heureux de ce qu'elle lui disait, revint vers l'échiquier et replaça les pièces. Mais elles s'y disposaient d'elles-mêmes mieux que personne n'aurait su le faire.

[...]

Perceval, dès qu'il vit la jeune fille, en tomba éperdument amoureux et se dit en lui-même qu'il serait bien fou de ne pas la prier d'amour : il était là, avec elle, et avait tout loisir de l'en prier. Ainsi fit-il, multipliant requêtes et avances.

4 Il arriva, un samedi, que Raymondin vit disparaître Mélusine, comme bien d'autres fois. Il n'avait jamais cherché à savoir où elle allait ni ce qu'elle faisait, car il ne pensait pas à mal. Mais il se trouva que ce jour-là son frère, qui possédait la terre de Forez[1] depuis la mort de leur père, arriva à Vouvant[2]. Le temps était doux, sans vent ; c'était une journée belle et claire. Raymondin, voyant venir son frère, le reçut dignement ; mais il devait lui en arriver malheur. Les barons étaient venus à la fête, célébrée avec faste et noblesse, avec un grand nombre de dames, qui les accompagnaient à cette occasion. Le comte de Forez dit alors :

– Raymondin, cher frère, pour l'amour de moi, je vous en prie, faites venir votre femme !

– Écoutez, cher frère, répond Raymondin, vous la verrez demain.

1. **La terre de Forez :** ancienne province de France comprenant la partie centrale du département de la Loire, une partie de celui de la Haute-Loire et de celui du Puy-de-Dôme.
2. **Vouvant :** village vendéen.

Textes et images

Ils prennent place au repas (la fête était superbe) et, aussitôt après le dîner, se lèvent de table. Le comte de Forez, aussitôt, prend son frère par la main et se met à lui dire :

– Raymondin, cher frère, en bonne foi, je crois que vous êtes victime d'un enchantement. C'est ce que dit la rumeur publique, et je ne sais comment vous pouvez supporter cette honte : vous devriez y mettre un terme. On dit partout, je vous le rapporte, que vous n'avez pas le courage de demander à votre femme où elle va ni à quoi elle s'occupe : c'est un véritable déshonneur pour vous ! Et que savez-vous de ce qu'elle fait ? On dit partout (Dieu me protège !) qu'elle trahit toutes les règles de morale et que, ce jour-là, elle se donne à un autre et vous trompe. D'autres disent, sachez-le bien, que ce jour-là, elle s'en va chez les fées. Frère, efforcez-vous de savoir ce qu'elle va chercher, le samedi : vous ferez bien. Je vous parle sans détours, comme à mon frère : agissez aux yeux de tous, je suis sûr qu'elle vous déshonore !

Raymondin, bouleversé, tremblant de chagrin et de colère, ne sait que répondre. Il court chercher son épée. Il sait bien dans quelle pièce sa femme est entrée et s'y rend, alors que jamais il ne s'en était approché. Il voit devant lui une porte de fer. Il réfléchit longuement mais se disant que sa femme est criminelle et le trahit, il tire son épée du fourreau, la pointe contre la porte. À force de l'enfoncer, il transperce la porte de fer. Hélas ! qu'il agit mal ce jour-là ! Il devait en perdre et la joie et l'honneur. Il presse son œil contre le trou, regarde à l'intérieur, impatient de connaître le secret. Mais il ne le saura que trop tôt, et n'en tirera que chagrin. Il regarde et découvre Mélusine au bain : il la voit, jusqu'à la taille, blanche comme la neige sur la branche, bien faite et gracieuse, le visage frais et lisse. Certes, on ne vit jamais plus belle femme. Mais son corps se termine par une queue de serpent, énorme et horrible, burelée[1] d'argent et d'azur. Elle l'agite violemment dans l'eau. À ce spectacle, Raymondin, qui jamais ne l'avait vue se baigner sous cette forme, se signe, rempli

1. **Burelée** : rayée, striée.

de frayeur. Il implore le secours de Dieu, il a si peur qu'il ne peut presque plus parler. Mais afin de boucher le trou, il découpe un petit morceau de tissu qu'il écrase avec la cire : il bouche le trou hermétiquement, afin d'empêcher quiconque de voir l'intérieur de la pièce. Puis il s'éloigne et rejoint son frère, plein de douleur et de colère.

5

Textes et images

6

Pour approfondir

7

✣ Étude des textes

Savoir lire

1. Quel enchantement se produit dans chaque texte ? Lesquels parmi ces quatre extraits présentent une métamorphose ?
2. Relevez, dans chaque extrait, au moins un indice permettant de classer ces œuvres dans la littérature du Moyen Âge.
3. En vous référant à la civilisation du Moyen Âge, expliquez la phrase : « replacez-les sur l'échiquier et vous ferez ainsi preuve de courtoisie ».
4. Dans le texte 2, pourquoi l'épouse veut-elle se séparer de son mari alors qu'il est dit, dans la première ligne, que « tous deux s'aimaient » ? Quelle autre réaction pourrait avoir la femme ?
5. Quelles émotions éveillent les enchantements sur le lecteur ? Quelles questions se pose-t-on à la lecture de chaque texte et qu'attend-on ?

Savoir faire

6. Racontez, sous la forme d'un récit dramatique, la transformation de l'époux en loup-garou. Votre récit inclura une description suggestive de l'animal.
7. Citez au moins une œuvre de votre connaissance (livre, film, BD) dans laquelle un individu se transforme en animal.
8. Quel trait commun permet de classer dans la même catégorie les créatures suivantes : une licorne, une sirène, un centaure ?
9. Retrouvez dans les *Contes* de Perrault, quelques sortilèges ou enchantements. À quel monde renvoient-ils le lecteur ?

✣ Étude des images

Savoir analyser

1. Par quelles caractéristiques ces trois images illustrent-elles parfaitement le thème du groupement de textes : « Enchantements et féeries » ?

2. Laquelle de ces images pourrait précisément illustrer l'extrait de *Bisclavret* ? de *Mélusine* ? Justifiez votre réponse par une citation des textes.
3. Quelles particularités rattachent l'image du loup-garou à un être humain ? à un loup ?

Savoir faire

4. Décrivez, au choix, une de ces trois images. Votre description sera rédigée au présent de l'indicatif, elle proposera une vue générale avant de se concentrer sur les détails des personnages et du décor.
5. Dans un récit dramatique, racontez la transformation de l'homme en loup-garou, à partir de l'image proposée dans le dossier.

Lettre ornée du roman de *Perceval le Gallois* de Chrétien de Troyes.

Textes et images

✣ Les « super-héros »

On les adore, on les admire, on les craint : les « super-héros » comme Lancelot, Yvain, Perceval, d'Artagnan ou Cyrano de Bergerac nous fascinent. Intrépides et invincibles, ces aventuriers pleins de noblesse, ces défenseurs des causes justes, ces surhommes au cœur sensible révèlent ce qu'il y a de meilleur dans l'homme : son courage et sa générosité.

Documents :

❶ Extrait de *Fierabras*, chanson de geste anonyme (v. 1170). In Pierre Jonin, *Pages épiques du Moyen Âge français*, Sedes 1964.

❷ Extrait de *Yvain ou le Chevalier au lion*, de Chrétien de Troyes (1177-1180), Petits Classiques Larousse, 1974.

❸ Extrait de *La Légende des siècles*, de Victor Hugo. « Le Cycle héroïque chrétien », Le Mariage de Roland (1859).

❹ Christopher Reeve dans le rôle de Superman. Photographie du film *Superman III* de Richard Lester, 1983.

❺ *Le Livre de Messire Lancelot du Lac. La Quête du Saint Graal.* Combat de Lancelot et de Méléagant. Miniature de Gautier Map (1150-1250).

❻ Achille. Dessin.

Pour approfondir

❶ *[Le Français Olivier se bat contre le géant païen Fierabras (Fier-à-bras).]*
Fierabras d'Alexandrie était vif et farouche. Tout en s'appuyant sur son excellent bouclier, le roi païen lui dit :
« Olivier, mon bon ami, ne pourra-t-on jamais te détourner de la bataille ?
– Non, dit Olivier, et vous aurez grand tort d'en parler davantage. Je ne partirai pas d'ici avant la fin du combat.
– Chevalier, laissez-moi donc un peu plus de champ. »
Olivier lui répond alors :

« Prenez-en tout à votre aise. »

Les deux barons se sont donc séparés et se sont retirés de la distance d'un arpent[1]. Ils laissent courir leurs chevaux, la bride sur le cou. Ils ont fixé à leurs poitrines les courroies des boucliers et noué les brides de leurs chevaux. Chacun brûle de bien combattre et jamais vous ne verrez joute plus acharnée. Après s'être défiés, les deux barons s'élancent, piquent et foncent à toute allure. Les Français les regardent, en grand effroi, et se disent entre eux :

« Bientôt vous verrez l'un des deux s'abattre. » [...]

Olivier pique son cheval, tient l'épée haute et porte son bouclier devant sa selle. Fierabras vient sur lui et le comte Olivier ne s'est ni dérobé, ni arrêté. Mais il va frapper Fierabras d'un coup prodigieux à la tête, tout au milieu de son heaume[2] gemmé d'or[3]. Il en fait tomber à terre les pierreries et les ornements en forme de fleurs. Quand le roi sent venir le coup, il tourne la tête. Mais Olivier appuie sur la lame tranchante. Avec une grande violence, il a asséné son coup et, au niveau de l'épaule droite, il a entamé le haubert[4]. Avec son épée, il en a détaché plus de quatre cents mailles et il a tranché le plastron[5] que Fierabras avait mis par-dessus. Le cuir de Cappadoce[6] l'a garanti et sauvé. Mais le coup d'Olivier l'a tellement accablé et meurtri que ses deux pieds ont glissé hors des étriers et que les rênes qu'il avait nouées au bout lui échappent. Ébranlé par le choc, le cheval tombe à genoux, mais Fierabras l'éperonne, car sans cela, il aurait été bien vite renversé. Le païen a eu la tête si troublée du coup reçu que vous auriez pu parcourir une demi-lieue avant qu'il retrouve ses esprits,

1. **Arpent :** mesure de surface valant approximativement un demi-hectare.
2. **Heaume :** casque en forme de cône, enveloppant la tête et le visage et reposant sur les épaules ; il est muni de fentes ou d'œillères pour les yeux et généralement attaché au haubert.
3. **Gemmé d'or :** une pierre gemme est une pierre précieuse ; un objet gemmé d'or est incrusté d'or.
4. **Haubert :** cotte de mailles.
5. **Plastron :** partie de la cuirasse qui protège le cœur et les côtes.
6. **Cappadoce :** ville turque où l'on produisait beaucoup de cuir.

tant il était hébété. Alors, nos Français ont crié d'une seule voix : « Sainte Marie, quel coup il lui a porté ! »

2 *[Yvain, le chevalier au lion, affronte un perfide géant : Harpin de la montagne.]*

Sans attendre, messire Yvain s'élance sur lui ; il a hâte de s'en aller. Il va et le frappe en plein dans la poitrine, qui est cuirassée d'une peau d'ours ; et le géant, de son côté, se précipite sur lui, armé de son épieu. Messire Yvain lui donne en pleine poitrine un coup si violent qu'il perce la peau d'ours. Comme on trempe son pain dans la sauce, il plonge une mouillette dans le sang de ses veines : le fer de sa lance ! Et le géant le heurte de son épieu avec une telle vigueur qu'il le fait plier. Messire Yvain tire son épée, dont il sait donner de grands coups. Il affronte le géant découvert (Harpin, plein de confiance en sa force, ne voulait pas porter d'armure). Et le chevalier, l'épée au poing, fond sur lui ; il le frappe du tranchant de son épée, non du plat, et lui taille un morceau de joue large comme une grillade. Harpin réplique par une autre passe, si terrible qu'il le fait basculer jusque sur le cou de son destrier. À ce coup, le lion se hérisse, et se prépare à aider son maître ; plein de fureur, il bondit, s'agrippe d'une prise solide à la peau d'Harpin et, sur le géant même, il déchire comme une écorce le cuir velu ; du coup, il lui arrache un grand morceau de hanche ; il lui tranche tendons et muscles, et le géant s'est dégagé, qui crie et beugle comme un taureau, car le lion l'a sérieusement mis à mal. Il lève son épieu à deux mains, et il croit le frapper, mais il manque son coup : le lion saute de côté, le coup est esquivé et l'épieu s'abat sans l'atteindre près de messire Yvain ; Harpin a manqué les deux combattants. Messire Yvain brandit son épée et frappe deux fois. Avant que le géant se soit mis sur ses gardes, il lui a séparé l'épaule du buste du tranchant de l'épée ; la seconde fois, il lui plonge la lame sous le sein jusqu'à la garde[1] et lui

1. **La garde** : le rebord entre la lame et la poignée de l'épée qui est destiné à protéger la main.

transperce le foie ; le géant s'abat, la mort le gagne. La chute d'un grand chêne n'aurait pas, je crois, produit un fracas plus grand que celui qui accompagna la chute d'Harpin.

3 Ils luttent de si près avec de sourds murmures,
Que leur souffle âpre et chaud s'empreint sur leurs armures ;
Le pied presse le pied ; l'île à leurs noirs assauts
Tressaille au loin ; l'acier mord le fer ; des morceaux
De heaume et de haubert, sans que pas un ne s'en émeuve,
Sautent à chaque instant dans l'herbe et dans le fleuve.
Leurs brassards sont rayés de longs filets de sang
Qui coule de leur crâne et dans leurs yeux descend.
Soudain, sire Olivier, qu'un coup affreux démasque,
Voit tomber à la fois son épée et son casque.
Main vide et tête nue, et Roland l'œil en feu !
L'enfant songe à son père et se tourne vers Dieu.
Durandal sur son front brille. Plus d'espérance !
« Çà, dit Roland, je suis neveu du roi de France,
Je dois me comporter en franc neveu de roi.
Quand j'ai mon ennemi désarmé devant moi,
Je m'arrête. Va donc chercher une autre épée,
Et tâche, cette fois, qu'elle soit bien trempée.
Tu feras apporter à boire en même temps,
Car j'ai soif.

– Fils, merci, dit Olivier.

– J'attends,

Dit Roland, hâte-toi. »

– Sire Olivier appelle
Un batelier caché derrière une chapelle.

« Cours à la ville, et dis à mon père qu'il faut
Une autre épée à l'un de nous, et qu'il fait chaud. »

Textes et images

Cependant les héros, assis dans les broussailles,
S'aident à délacer leurs capuchons de mailles,
Se lavent le visage et causent un moment.
Le batelier revient ; il a fait promptement ;
L'homme a vu le vieux comte ; il rapporte une épée
Et du vin, de ce vin qu'aimait le grand Pompée
Et que Tournon récolte au flanc de son vieux mont.
L'épée est cette illustre et fière Closamont
Que d'autres quelquefois appellent Haute Claire.
L'homme a fui. Les héros achèvent sans colère
Ce qu'ils disaient ; le ciel rayonne au-dessus d'eux ;
Olivier verse à boire à Roland ; puis tous deux
Marchent droit l'un vers l'autre, et le duel recommence.
Voilà que par degrés de sa sombre démence
Le combat les enivre ; il leur revient au cœur
Ce je ne sais quel dieu qui veut qu'on soit vainqueur,
Et qui, s'exaspérant aux armures frappées,
Mêle l'éclair des yeux aux lueurs des épées.

Ils combattent, versant à flots leur sang vermeil.
Le jour entier se passe ainsi. Mais le soleil
Baisse vers l'horizon. La nuit vient.

« Camarade,
Dit Roland, je ne sais, mais jè me sens malade.
Je ne me soutiens plus, et je voudrais un peu
De repos.

– Je prétends, avec l'aide de Dieu,
Dit le bel Olivier, le sourire à la lèvre,
Vous vaincre par l'épée et non point par la fièvre.
Dormez sur l'herbe verte, et cette nuit, Roland,
Je vous éventerai de mon panache blanc.
Couchez-vous, et dormez. »

4

Textes et images

5

Pour approfondir

6

✣ Étude des textes

Savoir lire

1. Quels points communs relevez-vous entre les deux héros Olivier (texte 1) et Yvain (texte 2) ?
2. Comparez l'attitude d'Olivier dans le récit anonyme du Moyen Âge et dans le poème de Victor Hugo.
3. Récapitulez les étapes du duel entre Olivier et Roland dans le poème de Victor Hugo.
4. Dans quels textes trouve-t-on les descriptions les plus réalistes ? Quelle conclusion pouvons-nous en tirer sur les goûts du public auquel est destinée chaque œuvre ?
5. Ces trois scènes de combat sont rédigées sur un registre « épique ». Après avoir précisé la signification de ce terme, relevez au moins un exemple de registre épique dans chaque texte.

Savoir faire

6. *Fierabras* est une « chanson de geste ». Donnez la définition de ce genre littéraire.
7. Retrouvez dans votre *Lancelot ou le Chevalier de la charrette* une scène de combat épique qui présente les mêmes caractéristiques que les deux récits du Moyen Âge présentés ici. Que pouvez-vous en déduire ?
8. Parmi les films ou les séries télévisées que vous avez vus, les jeux vidéos auxquels vous avez joué, les BD que vous avez lues, quels « super-héros » vous fascinent le plus ? Quels points communs ont-ils avec les « super-héros » évoqués dans les trois textes ci-dessus ?

✣ Étude des images

Savoir analyser

1. Classez ces images de héros selon un ordre chronologique, de la plus ancienne à la plus récente. À quelles époques renvoient-elles ? À partir de quels détails révélateurs opérez-vous ce classement ?

2. Que découvrons-nous du héros médiéval dans la représentation du duel opposant un chevalier armé à son adversaire ? Quel texte cette image pourrait-elle illustrer ?
3. Comment la photo de Superman suggère-t-elle la force du héros face au danger ?

Savoir faire

4. Auquel de ces trois héros vous identifiez-vous le plus facilement ? Expliquez votre choix en donnant vos raisons.
5. Imaginez un dialogue entre le chevalier vainqueur et son adversaire maîtrisé. Les répliques échangées devront traduire non seulement la force de l'un et la faiblesse de l'autre, mais aussi le caractère et les valeurs du chevalier.

Lettre ornée du roman de *Perceval le Gallois* de Chrétien de Troyes.

Langue et langages

Exercice 1 : texte 1, p. 109, *Le Roman de Tristan et Iseut*, d'après Béroul, renouvelé par Joseph Bédier.

1. Quel est le **temps** des verbes « plaça », « s'apaisa », « se fondit », « il ne lui souvint plus » ? Lesquels parmi ces verbes sont des verbes **pronominaux** ?

2. « Son cœur était si douloureux qu'il soupirait sans même s'en apercevoir. » Donnez la **nature** et la **fonction** de la proposition soulignée. Sans changer le sens de la phrase, transformez cette construction en faisant apparaître une proposition subordonnée de cause introduite par « comme ».

3. Précisez le **sens** du terme « sortilège ». Proposez un **synonyme** et utilisez les deux termes dans deux phrases expressives qui feront ressortir leur sens.

4. « Nul ne saurait par des paroles assez habiles décrire sa nature et sa beauté. » Qui prend ici la parole ? Quelle est l'**idée** développée ? Montrez que cette idée est contredite par la suite du texte.

5. Isolez le **portrait** du chien. Quel **temps verbal** le narrateur utilise-t-il pour brosser ce portrait ? Quelles caractéristiques font de ce petit chien un animal « enchanté » ?

6. « son encolure semblait d'abord plus blanche que neige, sa croupe plus verte que feuille de trèfle. » Par quelle **construction** le conteur souligne-t-il le caractère exceptionnel du petit chien ? Quel sentiment cherche-t-il ainsi à éveiller chez le lecteur ?

7. « jaune comme le safran, son ventre bleu comme le lapis-lazuli » : quelle **figure de style** est ici utilisée ? Dans quelle intention ?

8. Que signifie le **verbe** « ouïr » ? Quel **nom** correspond à ce verbe ?

9. Qu'appelle-t-on la « robe » d'un chien ?

10. « il songeait ». Donnez l'infinitif de ce verbe. Conjuguez-le au **présent** et à l'**imparfait** de l'indicatif. Quelle difficulté orthographique présente-t-il ?

11. « nul n'aurait pu l'obtenir de lui, ni par ruse, ni par prière » : précisez la **nature** et la **fonction** de « l' ». Reconstruisez la phrase en substituant à « l' » le mot qu'il remplace.

12. Continuez le récit par un **portrait à l'imparfait** du duc Gilain tel que vous l'imaginez à partir de votre lecture du texte. Votre rédaction insistera sur les goûts du duc et notamment sur son attachement au chien enchanté.

Petite méthode

- Dans un **récit**, le **portrait** permet de peindre un individu ou un animal en faisant apparaître ses **caractéristiques physiques** ou sa **personnalité**.
- Un portrait comporte généralement de nombreux **adjectifs qualificatifs** et des figures de style comme la **comparaison** ou la **métaphore**.
- Il est composé **de façon ordonnée**, soit à partir d'un détail significatif, soit à partir d'une impression d'ensemble.
- Souvent le portrait est conçu de façon à éveiller un **sentiment particulier chez le lecteur** : admiration, répulsion, peur…
- Il traduit parfois les **sentiments du narrateur** pour son personnage.

Exercice 2 : texte 4, p. 113, extrait du *Roman de Mélusine*, de Coudrette.

1. « Ils prennent place au repas (la fête était superbe) et, aussitôt après le dîner, se lèvent de table. Le comte de Forez, aussitôt, prend son frère par la main et se met à lui dire : [...] » Quelle est la **valeur du présent** dans ce récit au passé simple ? Quelle impression cherche à créer l'auteur par ce choix ?
2. Justifiez l'emploi de l'imparfait dans la phrase : « Le temps était doux, sans vent ; c'était une journée belle et claire. »
3. « il devait lui en arriver malheur » : qui parle ici ? Comment cette phrase soutient-elle le **suspense** ? Trouvez, dans la suite du texte, une phrase elle aussi destinée à stimuler l'intérêt du lecteur.
4. Donnez la **signification** du mot « faste ». Remplacez l'expression « avec faste et noblesse » par deux **adverbes** dérivés de « faste » et de « noblesse ». Préférez-vous l'expression du texte de Coudrette ou l'expression transformée ? Justifiez votre avis.
5. Expliquez le rôle des **parenthèses** dans l'expression « la fête était superbe » ; dans l'expression « Dieu me protège ! ». Qui parle dans chaque cas ? À qui ?
6. Que veut dire le comte quand il parle de « rumeur publique » ? Aidez-vous de la phrase « on dit partout » pour répondre à cette question.
7. « vous n'avez pas le courage de demander à votre femme où elle va ni à quoi elle s'occupe : [...] » Transformez cette construction de façon à faire apparaître deux questions au **style direct**. Vous veillerez à changer les pronoms et la ponctuation, comme l'exige la correction grammaticale. Quelle construction vous paraît la plus vivante ? Pourquoi ?

8. Que signifie le terme « déshonneur » dans la phrase : « c'est un véritable déshonneur pour vous ! » Comment est composé ce mot ? Trouvez **deux adjectifs et un verbe** appartenant à **la même famille**. Employez ces quatre termes dans quatre phrases expressives.
9. Isolez le **portrait** de Mélusine au bain. Sur quel contraste est-il composé ? Aidez-vous du vocabulaire. Quelle émotion l'auteur cherche-t-il à éveiller chez le lecteur par ce **contraste** ?
10. « Raymondin [...] se signe. » Que signifie ici le verbe « se signer » ? À quel **champ lexical** appartient-il ? Relevez dans le texte au moins deux autres termes appartenant au même champ lexical. Qu'apprenons-nous, à travers ce vocabulaire, de la civilisation du Moyen Âge ?
11. Précisez le **sens** de l'adverbe « hermétiquement ».
12. Quelques jours plus tard, Raymondin exige de sa femme des explications. Présentez cette scène dramatique sous la forme d'un **dialogue** qui révélera les émotions des personnages et leur drame respectif.

Petite méthode

• Un **récit** comporte souvent des **dialogues au style direct** sous la forme d'un échange de **répliques** entre deux ou plusieurs personnages qui parlent à la **1re personne**.

• Pour s'insérer dans le récit, le dialogue obéit à des règles de **ponctuation** strictes :
– il commence par un deux-points et l'ouverture de guillemets ;
– ensuite on va à la ligne pour chaque prise de parole ;
– on fait précéder chaque réplique (sauf la première) d'un tiret ;
– on ferme les guillemets à la fin du dialogue.

• Dans un dialogue, le **vocabulaire** aussi bien que les **constructions grammaticales** révèlent le **caractère, les sentiments et les émotions des personnages**.

Exercice 3 : texte 2, p. 122, *Yvain ou le Chevalier au lion* de Chrétien de Troyes.

1. « Sans attendre [...] si violent qu'il perce la peau d'ours. » Identifiez le **temps verbal** de ce passage. Transformez ces quelques lignes au **passé simple**. Selon vous, quelle forme traduit le mieux l'ardeur du combat ? Expliquez votre point de vue.
2. Qu'est-ce qu'un « épieu » ? À quoi sert-il ?
3. « Comme on trempe son pain dans la sauce, il plonge une mouillette dans le sang de ses veines : le fer de sa lance ! » Appréciez l'**humour** de cette phrase. Justifiez l'emploi du point d'exclamation en précisant quelle réaction le narrateur cherche à éveiller chez son public.
4. « il le frappe du tranchant de son épée, non du plat » : quelle **différence** faites-vous entre le « tranchant » et le « plat » d'une épée ?
5. Qu'est-ce qu'un « destrier » ?
6. Relevez les **verbes** traduisant la violence de la bataille. Que nous apprennent-ils sur les adversaires qui s'affrontent ? Que nous apprennent-ils sur les goûts du public de l'époque ?
7. Relevez le **champ lexical** du corps humain. Pourquoi cette précision dans l'évocation des coups et des blessures ?
8. Relevez les **mots et expressions** suggérant le bruit de l'affrontement. Quelle impression générale produisent-ils ?
9. « le géant s'est dégagé, qui crie et beugle comme un taureau » : que met en valeur la **comparaison** « comme un taureau » ?
10. « La chute d'un grand chêne n'aurait pas, je crois, produit un fracas plus grand que celui qui accompagna la chute

d'Harpin. » Qui s'exprime dans la **proposition incise** « je crois » ? Que pensez-vous de cette façon de personnaliser le récit ? Que suggère l'image du « grand chêne » ? Dans quel état de trouve le géant Harpin à la fin de l'affrontement ?

11. Après avoir terrassé Harpin, Yvain doit affronter le fils du géant soudain venu à la rescousse de son père. Racontez leur combat épique en utilisant les mêmes **procédés d'écriture** que Chrétien de Troyes et en vous référant à la petite méthode ci-dessous.

Petite méthode

- Dans les scènes de combat, le **registre épique** célèbre la grandeur d'une action chevaleresque et la force exceptionnelle du héros. Fondé sur l'**exagération**, il cherche à impressionner le public.
- Parmi ses procédés d'expression, on distingue : le **portrait élogieux** qui insiste sur les hauts faits et sur le tempérament exceptionnel du chevalier, l'**hyperbole** grâce à laquelle on amplifie une action, le **comparatif** et le **superlatif** qui soulignent la supériorité du héros, l'**accumulation** qui permet d'insister ou de mettre en valeur un fait, le **réalisme** du vocabulaire et les **comparaisons** suggestives.

Outils de lecture

Vocabulaire du Moyen Âge

Ancien français : appelé aussi « langue romane » ou « roman ». Français encore très proche du latin.

Clerc : homme qui étudie en vue de devenir religieux. Cultivé, formé aux textes de l'Antiquité.

Courtoisie : ensemble des qualités d'une personne digne de vivre à la cour, c'est-à-dire la générosité, la noblesse, la loyauté, le raffinement.

Destrier : cheval de bataille.

Épieu : lance.

Félon : traître, déloyal envers son seigneur.

Feutre : tapis de selle.

Haubert : partie de la cotte de mailles qui protège la poitrine.

Heaume : casque en forme de cône, enveloppant la tête et le visage, reposant sur les épaules, muni de fentes ou d'œillères pour les yeux et généralement attaché au haubert.

Hôtel : maison qui accueille souvent des hôtes de passage.

Loge : galerie extérieure d'un château ou large ouverture au sommet d'une tour.

Palefroi : cheval de promenade, généralement utilisé par les dames.

Prud'homme : homme sage et loyal.

Pucelle : jeune fille.

Récréant : qui cède devant son adversaire au combat sans lutter jusqu'à son dernier souffle.

Roman : récit écrit en ancien français et non en latin.

Roncin : cheval commun réservé aux valets et aux écuyers.

Sénéchal : officier chargé de l'intendance de la maison d'un seigneur.

Tournoi : combat où les chevaliers s'affrontent pour montrer leur vaillance en présence d'une brillante assemblée.

Valet : jeune page ou écuyer, d'origine noble, attaché à un chevalier ou à un grand seigneur.

Vassal : noble gentilhomme attaché à un seigneur qui lui a donné une terre.

Vavasseur : vassal d'un vassal. Homme de petite noblesse, généralement modeste, loyal et généreux.

Vilain : paysan libre.

Vocabulaire de l'analyse littéraire

Action : dans un récit, suite des événements qui constituent l'intrigue.

Anticipation : procédé par lequel on interrompt la narration pour évoquer des événements devant se produire plus tard.

Description : énoncé qui nomme, précise les caractères et les qualités d'une personne, d'un objet ou d'un lieu ; qui crée un décor ou une atmosphère.

Dialogue : ensemble de répliques échangées entre deux ou plusieurs personnages.

Dramatique : qui éveille des sentiments puissants (peur, surprise) par des procédés de dramatisation (ex. : le coup de théâtre).

Durée de l'histoire : période sur laquelle se déroule l'action.

Épique : qui peint l'héroïsme avec des images fortes et exagérées.

Histoire : événements et aventures qui constituent la matière d'un récit.

Intérêt dramatique : intérêt que peut éveiller l'action chez le lecteur.

Intrigue : enchaînement des faits dans un récit.

Légende : récit à caractère merveilleux, souvent fondé sur des faits historiques déformés et amplifiés par l'imagination populaire ou littéraire.

Merveilleux : qui tient du prodige ou de la magie. Qui révèle l'existence de forces surnaturelles et mystérieuses.

Narrateur : celui qui raconte une histoire.

Octosyllabe : vers de huit syllabes.

Péripétie : événement imprévu dans le cours d'une action dramatique.

Outils de lecture

Point de vue : foyer à partir duquel est perçu un personnage ou une situation.

Point de vue externe : présentation du monde à partir d'une perception objective.

Point de vue interne : présentation du monde à travers la perception subjective d'un personnage.

Point de vue omniscient : le narrateur sait tout de ses personnages : leur passé, leurs pensées, leurs sentiments, leurs projets.

Réaliste : qui montre la réalité avec une précision souvent brutale.

Retour en arrière (flash-back) : procédé par lequel on interrompt la narration pour raconter des événements antérieurs.

Temps de l'écriture : moment où l'auteur rédige son roman.

Temps de l'histoire : époque à laquelle se déroulent les événements racontés.

Bibliographie et filmographie

Éditions de *Lancelot ou le Chevalier de la charrette*

Le Chevalier de la charrette, de Chrétien de Troyes. Traduit en français moderne par Jean Frappier, Champion, 1962.

Romans de la Table Ronde : le cycle courtois, de Chrétien de Troyes. Traduit en français moderne par Jean-Pierre Foucher, Gallimard, 1970.

Le Chevalier de la charrette, de Chrétien de Troyes. Traduit en français moderne par Jean-Pierre Foucher, Gallimard, Folio, 1981.

Le Chevalier de la charrette, de Chrétien de Troyes. Traduit en français moderne par Jean-Claude Aubailly, Flammarion, 1991.

Le Chevalier de la charrette, de Chrétien de Troyes. Traduit en français moderne par Charles Méla, LGF, 1992.

Romans de chevalerie, romans courtois (traduits en français moderne)

Érec et Énide, de Chrétien de Troyes, vers 1170 ; École des loisirs, 2007.

- Premier roman courtois de l'auteur. Met en scène un long conflit entre l'amour et l'aventure chevaleresque.

Cligès, de Chrétien de Troyes, vers 1176. Flammarion, 2006.

- Cligès aime Fénice, l'épouse de l'empereur, son oncle.

Tristan, de Thomas (vers 1170) et de Béroul (vers 1181).

- Histoire d'une passion fatale et interdite entre le chevalier Tristan et Iseut la blonde.

Yvain ou le Chevalier au lion, de Chrétien de Troyes (1177-1181), Larousse, Petits Classiques, 2007.

- Yvain sauve de la mort un lion qui devient son compagnon fidèle. Il tente de reconquérir sa femme Landine.

Perceval ou le Conte du Graal, vers 1182.

- Raconte l'initiation chevaleresque et courtoise du jeune Perceval qui s'initie au mystère du Graal.

Lancelot. Roman du XIIIe siècle, trad. A. Micha, UGE, 1983-1984, 2 tomes.

- Version en prose des aventures de Lancelot jusqu'à la mort du roi Arthur.

Bibliographie et filmographie

Sur la société du Moyen Âge

Au temps des chevaliers et des châteaux forts, de Pierre Miquel, Hachette, 1990.

Films

Merlin l'Enchanteur, Wall Disney Pictures, États-Unis, 1963.
- Dessin animé qui raconte l'éducation du jeune Arthur chez l'enchanteur Merlin.

Lancelot, chevalier de la reine (Lancelot and Guinevere), de Cornel Wilde, Grande-Bretagne, 1962.
- Film romantique et épique qui insiste sur la liaison des amants.

Monty Python, Sacré Graal, de Terry Gilliam et Terry Jones, Grande-Bretagne, 1974.
- Parodie burlesque qui raconte la quête du Graal par le roi Arthur et ses chevaliers de la Table ronde. Présente le monde arthurien avec beaucoup d'humour.

Lancelot du lac, de Robert Bresson, France, 1974.
- Récit de la fin du monde arthurien. Film austère et « psychologique ». Prix de la Critique internationale au Festival de Cannes 1974.

Perceval le Gallois, d'Éric Rohmer, France, 1978.
- Film assez « littéraire », très proche du texte de Chrétien de Troyes.

Excalibur, de John Boorman, États-Unis, 1981.
- Film lyrique et puissant qui résume toute l'épopée arthurienne sous une forme spectaculaire, avec de nombreux effets spéciaux.

Lancelot (First Knight), de Jerry Zucker, États-Unis, 1995. Avec Richard Gere dans le rôle de Lancelot et Sean Connery dans le rôle du roi Arthur.
- Film dramatique qui s'intéresse principalement au triangle amoureux Arthur-Lancelot-Guenièvre.

Site internet consacré au Moyen Âge

www.moyenageenlumiere.com
- Parcours thématiques proposés à partir d'images numérisées des 25 000 manuscrits conservés dans les bibliothèques de France.

Crédits photographiques

Couverture	Dessin Alain Boyer
7	repris page 9 : Coll. Archives Larousse
11	Bibliothèque nationale de France, Paris © Archives Nathan
18	Bibliothèque nationale de France, Paris – Ph. Coll. Archives Larbor
89	Bibliothèque nationale de France, France – Ph. Coll. Archives Larbor
115	Bibliothèque nationale de France, Paris – Ph. Coll. Archives Larbor
116	© Selva / Leemage
117	Bibliothèque nationale de France, Paris – Ph. Coll. Archives Larbor
119	repris page 129 : Bibliothèque nationale de France, Paris – Ph. Coll. Archives Larbor
125	Ph. Coll. Archives Larbor
126	Bibliothèque nationale de France, Paris – Ph. Coll. Archives Larbor
127	Dessin – Archives Larousse

Direction de la collection : Carine Girac-Marinier

Direction éditoriale : Claude NIMMO

Édition : Marie-Hélène CHRISTENSEN

Lecture-correction : service lecture-correction LAROUSSE

Recherche iconographique : Valérie PERRIN, Agnès CALVO

Direction artistique : Uli MEINDL

Couverture et maquette intérieure : Serge CORTESI, Sophie RIVOIRE, Uli MEINDL

Responsable de fabrication : Marlène DELBEKEN

Photocomposition : CGI
Impression : La Tipografica Varese S.p.A. (Italie)
Dépôt légal : Juillet 2009 – 302414/04
N° Projet : 11029327 – Août 2014